三個月亮

聯合文叢 638

◉賀婉青／著

獻給我的先生、兒子、女兒：

你們是堅貞的粉絲：兒女殷切的追問什麼時候出書？先生支持我寫作，在我趕稿時把孩子帶開。在他們身上，我看到愛、關懷和生命力，你們是我的小說靈感的來源，沒有你們泉湧不停的愛，我的文章寫不出靈魂，我愛你們。

目次

【推薦序】

暗門迎月光

作家／吳鈞堯

談《三個月亮》之前，我想先談一下作者賀婉青。

婉青的筆名「若琳」，是她龍鳳胎女兒的名字，我開她玩笑，怎麼把自己的文章「賴」到女兒身上了？以女兒名字當筆名，很可能是她對於裂縫身世的彌補之一。在婉青的多篇發表、以及獲得吳濁流散文獎的作品中，她的成長並不愉快，父親是外省人，娶妻台灣女孩，在撫養了一對子女之後，母親離家而去，父親開計程車為業，難得地發揮一點「生意頭腦」，把住家分隔成諸多夾層，分租給城市邊緣人。

看似營生，實則提供溫暖，給在快速移動中、漸漸失去面貌的人。

小婉青常常坐在自家客廳，面對又長又暗的甬道，巴望著房間裡頭能夠碰撞出一丁點聲音。黑暗中的聲響，是小女生的慰藉，也是她的存在。逢年過節是小婉青「侵門踏戶」的時刻，可以大方地敲房門，分送月餅、柚子或者粽子，怎麼打開那些門，跟住在裡頭的房客說話，知道他們的故事，小女孩必心存幻想。

有一天，一個房間空了，原住民房客搬走了。小婉青踏入房間，氣味還微弱呼息，枕頭上的髮絲也還在，而一個人說走就走，什麼話都沒留下。她一直好奇與窺探的房間，竟然空成這樣。我讀著賀婉青的童年散文，想像著她多麼希望推開門去，迎面的，是一些歡笑的臉，湊上幾支蠟燭，把每一個人的臉都映得通紅且溫暖。這是我認識的婉青，希望打開房間就有人、就有溫暖，要緊的是，她也如此打開她自己。

每一個人寫作的動機都不同，婉青以書寫填補人生隙縫，召喚也建構，在一個文字世界中自在、自足。婉青的散文跟小說，氣味不同味，寫散文時，主角常見奶奶、父母與弟弟等，在親情與疏離之間游走；寫小說時，婉青化身而走，人物的形態、性格以及關懷，都躍然紙上。她的文字、敘述，讓我想起蛋糕師傅俐手烘焙提拉米蘇，蛋糕層次分明，創意地擺飾了櫻桃、草莓、堅果等食材，香味如純釀威士忌，儀態似裝扮與神韻都和諧的美女。扼要說，是多彩、熟稔、生動，只是扼要說，是不夠的了。

《三個月亮》作為婉青的第一本著作，超越很多人的第二本、第三本。主角是三個女人。姬，美麗善舞的空姐，有好多人追求，貧困出身讓她擇偶時，慣於偏向財富選擇。她優游於上層，那款芬芳，有股腐爛有股迷香，但姬又植基於底盤，母親是慣常看到的歐巴桑，她的挫折也是女兒的挫折，姬，在柔弱中堅毅，常迷失又惹人心疼，她的「情感遊戲」是情感也是遊戲，是兩輛車對撞，沒有失火毀損，而合為一個矛盾體。

張莉，來自中國大陸農村，透過她，為讀者呈現移民美國，路途的凶險與心機，僑民社會的和諧表面，藏有一面又一面鏡子，照看美好以及醜陋的。張莉冷靜、客觀，這是文革苦難的遺影，張莉年輕雖未親歷，文革已是社會的一磚一瓦，身在其中，也哺乳了它的陰霾。

王雅芬，台灣留美的乖乖女學生，到了美國以後慢慢剝解家庭給她的束縛。王雅芬既「單純」又「蠢」，人際、世故都不懂，十足「媽寶，這種普遍性的「幼稚」、「不長大」，讓人讀到台灣社會的一種普遍，所幸她對現況仍有自覺，交黑人男友、擔綱平面模特兒，乖乖牌勇敢當自己，她的破繭，有勇氣、有掙扎，歷經了許多的不完美，而讓自己完整了。

三個女人，變成三個月亮了，在書寫的結構上，一是依序演出、另是偶遇交會，一個人與自己的命運，從來不是一個人所能主宰，只是都習慣以「我」出發，常常忘了「他」與「他們」。月亮有光輝、有背後的暗面；有追求、有妥協；有她們的運轉軌道，而當軌道走過了，看到了女人成長、台灣文化的短與長、移民苦路、美國現況，還有更多細膩的，來自女人內在的深刻甦醒。婉青的新書語言靈活，統一感強，形象具體，非常具備影音實力，輕快中夾帶「懸念」，尤其許多分段的末尾，語氣常見詼諧，讓讀者去關心姬、張莉與王雅芬；主角群，不知不覺地走進讀者心裡的門，還敲了好幾下。

那幾扇門，未必好開，經常又黑又暗，而當推開了，更發現門內有窗，月光不偏不倚地，灑了進來。

【推薦序】

現代女性的群畫像

密西根州立大學現代中國文學教授／桑梓蘭

初識婉青是在一個陽光和煦視野優美的停車場。那是一個天朗氣清的四月天，我應密西根人文學會和紐約台北文化中心之邀，驅車到一小時車程外的密西根東部West Bloomfield公共圖書館出席「與作家相約在春天」講座，主講人是國家文藝獎得主施叔青女士，我則因在大學講授現代華文文學而擔任與談人。還記得開車抵達那個底特律市郊的漂亮小城時，沿街正開滿了一樹樹粉白的桃花、杏花、蘋果花、櫻花。而走進嶄新圖書館氣派豪華的會場的那一刻，十分驚訝出席人數之眾多。當時我從美國西海岸搬到密西根已四年，可從來都不知道在大底特律區和安娜堡一帶有數以百計愛好文學的華語人士。經介紹之後，發現密西根人文學會的中堅份子有不少是在商場上叱吒風雲的女強人或資深的機械或電子工程師，工作非常忙碌，可是他們卻都有著強烈的文學魂。當天施老師主講的題目是北美華人作家的書寫，上下縱橫，從林語堂、黎錦揚、於梨華、白先勇一直談到當代，也分享了她個人在紐約埋首書房寫作「台灣三部曲」的寶貴經驗。施老師淵博的學識和豐沛的創造力引起了全場聽眾熱烈的興趣，提問踴躍，其中包括兩三位自陳具有強烈創作企圖心甚至已有豐富出版的寫作者。不記得婉青是否也發言了，只記得當時在會場中並無機會交談。施老師所帶領的文學饗宴結束後，我大腦發燙，意猶未盡，緩步走出圖書館，正走向自己的車子，這時一位態度大方容貌秀麗的女士叫住了我，介紹了自己。我們就在停車場攀談了起來，談得十分投機。然而，不一會兒因為我還要趕赴晚宴，只好草草打住。

結識之後，相見恨晚，婉青很熱情地給我發了一封電郵，分享一篇她得過北美漢新文學獎的短篇小說〈生事〉。我立刻拜讀，大為驚艷。那是一個引人入勝的故事，文筆犀利有力，比喻新鮮生動，在對世情的深刻觀察中不失幽默。以兩個主要女性人物的對照和穿插，在短短的篇幅中帶出對女性懷孕一事極具普遍性的思考。婉青告訴我，她的短篇其實是她一個已經在進行中的長篇小說的片段。我於是期待看到她更多的作品。

再接到婉青的電郵是一年多之後。這次她告訴我，長篇小說已經大功告成，而且即將由聯合文學出版社出版！我不得不佩服她的健筆。作為一位年輕的媽媽，各種瑣碎家務之多可想而知，寫作只能在育兒的空檔進行。然而她卻堅定且持之以恆地將創作的衝動落實為一個個精彩的人物，迸發出一個個靈動慧黠的句子。如果不是有過人的才情和紀律，很難做到。

《三個月亮》的故事是由繞著地球飛在台北紐約兩地都置產的空姐姬，來自廣東的探親客張莉，和台灣女留學生王雅芬在紐約的生活經歷交織而成。三個女人的故事各自獨立，又巧妙交叉。她們首先在跨年的夜晚同時出現在時代廣場——當姬在俯瞰廣場的酒店房間開跨年化妝派對的時候，張莉和老公正擠在廣場的人群中欣賞膜拜勁歌熱舞的 Lady Gaga，卻因尿急而問路問到客串伴舞助理滿臉濃妝頭頂金黃假髮的王雅芬。後來，三人在某一天又不約而同地都走進了曼哈頓的聖•派翠克大教堂尋求心靈安慰。最後，又都出現在同一家有華人女醫師駐診的婦產科診所驗孕。奇妙的是，即使彼此的時空曾經產生過交集，再度偶遇時她們也渾然不覺之前就已經有過的交會。這樣的敘事結構讓人想起多線情節交織的電影，如《衝擊效應》（Crash，中文又名《撞車》）。滿足了讀者抽絲剝繭拼湊全貌的全知優越感，也使讀者喟然興嘆——許多互不相識擦肩而過的人們其實生命在冥冥中都互相關聯，牽一髮則動全身。或許，正如混沌理論所言，一隻蝴蝶拍拍翅膀就能引起地球的另一端產生風暴。

三位女主人翁中，姬向來放浪形骸，處處留情，仗恃著自己過人的美貌享受當獵人也當獵物的快感。但終於，在當空姐飛了十多年後她感到身心俱疲，決定轉換人生跑道，在紐約短期進修設計，也似乎想在追求她的眾多男人中專一下來。飛行在這兒是隱喻，她曾經四處飛舞沾腥就像美麗的花蝴蝶，如今卻來到懷孕的關口，得決定是否留下孩子，是否就此和男友安定下來。張莉則先是到紐約短期陪伴嫁到美國的妹妹，後來受到美國夢的吸引而立志移民。此時意外懷孕給了她留在美國最好的藉口，因為一出生孩子就能擁有家鄉人人豔羨的美國公民身分。王雅芬更是精彩：她是爸媽的乖乖女，從小一切服從爸媽的安排，連呼吸都不敢出大氣，但一到了紐約，脫離了爸媽的視線，就上演了性解放的戲碼，先後墮入與兩位黑馬王子的激情漩渦，還因嫉妒心理和室友的前男友發生了一夜情。此時懷孕，她想像腹中懷著現任男友俊美外表的寶寶，做著天倫夢，卻因不知究竟是誰播的種而徬徨無措。

《三個月亮》在無意間繼承了海外華人女作家書寫的不少重要主題。它關於多族裔之間文化碰撞的精彩情節讓我想起了嚴歌苓的《少女小漁》，對於懷孕這項關鍵經驗和性別角色的深度思考則令人想到李黎《袋鼠男人》。對於美國、台灣、中國大陸等地在生活和文化上差異的觀察剖析，則神似陳若曦在《二胡》、《紙婚》等作品中的快人快語。除了在生命和社會關照上與這些前輩作家不謀而合遙相呼應，婉青的文字也值得讚賞，頗具個人特色。她善用比喻。例如，她寫跨年夜姬在酒店大廳，看到一對冒失的情侶（其實就是張莉夫婦）問路後急急忙忙從她面前擦身而過，一支插在大花瓶裡的「艷紅的牡丹活生生地被折斷，啪地落地那聲，像慢動作停格在姬的腦海好幾秒，她感覺跛了，好像被折斷的是自己，她愁惝在枝椏綻放的青春，一秒後已然殘缺。」這一幕，閒閒幾筆便活色生香勾勒出姬暗自擔憂初老的危機意識。雖然姬只有三十六歲，卻已然有了美人遲暮的滄桑和時間緊迫感。婉青也擅長白描。她寫張莉無辜捲入閨蜜的外遇口舌風波，筆端冒出渾然天成的喜劇節奏：「張莉活到三十歲，才知道前面白活了。自以為活得風裡來，火裡去，浴火鳳凰，跟哪吒一樣拉風。身上的衣，開的車，都標示大大的名牌，她將成就顯現在光鮮耀人的經濟實力。家中大小事都靠她張羅，這樣頂天的中流砥柱，竟然經不起集體口水的唾棄，三番兩次面對百口莫辯的指責之後，她才懊惱的看清楚自己是跳樑小丑。」婉青還運用非凡的想像力，刻畫王雅芬在尋求情慾自主和人格獨立之際的矛盾掙扎。在確認懷孕後，王雅芬驀然想起數月前與室友的前男友上海人凱文的醉後一夜情，她「以為油火燒盡，了無痕跡，現在肚裏的苗卻有可能是他的。想到這，她與胡立歐可愛的大眼混血寶寶瞬間成了掙出蛋殼的雙頭蛇，一黑一黃，吞吐蛇信，蛇頭前後扭動，互咬對方，頭下的軀體被扯動的厲害，和地面的礫石拖拉出猛烈的淅淅聲，軀體是人類的，擁有一對飽滿的乳房，肚子挺得很大，下體源源不絕地產出橢圓形、一顆顆潔白色的卵。」在這裡，王雅芬的自我心象既是妖嬈蛇女也是地母。在兩個男人之間拉扯，情以何堪，但身為女性的主體性不曾消退。

婉青善於利用第三人稱全知觀點，又自由進出人物的主觀視角和內心獨白。這樣自然老練收放自如的敘事手法，委實不像新手。我祝賀她多年筆耕心血有成，也衷心推薦這部刻畫現代女性在生活、事業、感情、友誼各方面堅強又癡迷身影的精彩小說。

桑梓蘭於密西根東蘭辛，二零一八年十二月七日

第一章

三個女人

姬——飛上天際

獵物

一頭棕色鬈髮的義大利機長，喬洛，在十四小時的飛行時，眼神沒離開過姬，姬能感覺他的目光在她的三圍游移，焦灼欲穿的氣息在狹小密閉的空間中流動，姬不感炙熱，倒像蜜蜂的親吻。喬洛是航空界有名的拉丁王子，聽說一群空姊瘋狂的在腳踝上刺他名字的縮寫表示擁護。能讓王子拜在裙擺下，代表姬擁有難擋的魅力。

落地紐約後，機長大步地走來，她先看到他筆挺制服肩線上的四條黑槓，又在他閃爍的綠眼裡，看到一個狐魅的女人。姬很滿意喬洛緊迫盯人的進度，他的眼神繼續挺進，問要不要到他那喝一杯？她低頭微笑。把你的電話號碼留給我吧？機長急著四處找紙，除了地毯及牆上的廣告看板，四周什麼也沒有，最後鷹眼般盯上手拖行李箱的紙吊牌，撕扯了下來，匆匆塗寫了幾個號碼，塞入姬的手心。

姬享受這種獵人與獵物的關係，沉得住氣，就能掌握遊戲的主導權。太多不見世面的學妹輕易就被電暈了，結果變成拋在馬桶裡無數的紙團，按下沖水擊就瓦解的不見蹤影，在狩獵人的心裡留不下一絲波紋。最後還哭得像豬頭般不能上班，又要被記點、扣薪水。她就沒這種擔心，身後的孝男、孝子競相排隊，怎麼換得到她哭？

走在出境大門冗長的走廊，她想起飛行前一晚參加的婚禮。新娘是她的大學死黨，送客時醉醺醺貼著她耳朵猛說，妳一定要走「自己」婚禮的紅長毯，成為現場唯一的焦點，由心愛的人攙扶，接受親友夾道熱烈的掌聲，披上祝福走在幸福大道上。那瞬間，妳只想要一條永遠走不完的魔毯，無限地鋪設下去，真的跟「當伴娘」陪走的感覺，不一樣。

她拉著行李箱昂首闊步地走，沒跟終於嫁出去的死黨一起昏頭，別人的紅毯跟自己的有什麼不一樣？我可以走得跟自己的一樣，像走奧斯卡的紅地毯，我就是眾所矚目的焦點。每次婚禮後的派對，還不是招來了一堆蜜蜂蒼蠅。她慶幸自己是單身，不被長襬的婚紗羈絆，可以挑選最新鮮的人選進洞房。

孔雀開屏

回到飯店梳洗掉在飛機上沾染的一身食物異味，姬感到身上散出一股濃郁的麝香，想誘捕身旁蠢蠢欲動的獵物。她穿上迷你緊身秋香綠的小洋裝，走向飯店地下樓的酒吧。

初進入暗夜，眼還待在白日的時差，瞳孔不能立即反應，眼前一陣花白，幾次眨眼後，看清了酒吧裡晃動的人影，認出幾個熟悉面孔：三點鐘方向是同機的副機師，Ali，印度北方的雅利安人，緊繃的皮膚掩不住兩鬢呼之欲出的短鬚，姬彷彿能感覺到貼臉的扎刺；七點鐘方向是紅皮膚、夏威夷茂伊人的空少，Nui，拿著調酒，臀部搖擺著夏威夷呼拉草裙舞的韻律，跟著電視的籃球賽狂歡起舞；站著十一點鐘方向是英國籍的副機師，James，叼著一根雪茄，眼神飄飄茫茫的悠遊四周。

姬對他們都沒意思，觀察了地形後，挑了吧台正中的高腳椅坐下，露出筆直修長的雙腿在椅子上轉啊轉。左旋時，眼神碰上了九點鐘方向，身穿白色 Polo 衫，留著貝克漢髮型的年輕華裔男子，投注了一抹輕笑後，椅子又轉回吧台。她向酒保點了一杯柯夢波丹 (Cosmos) 調酒，酒保阿郎 (A-lam) 很快遞上了酒，放在一個大紅色的心形杯墊上，說妳這陣子上哪去？我到處找妳呢？姬被這個小子的油腔滑調逗樂了，一臉無辜的回應，手機裡沒你的來電，你確定找得是我嗎？阿郎說，我寫給妳我的電話，妳從來不打給我。酒保阿郎左手忽然將塞著酒嘴套的酒瓶往後扔，右手俐落地從頭後接起，再往高空拋翻，用胸肌輕頂兩下後，酒瓶滑下右手，將玫瑰色的酒液注入姬眼前的空酒杯，藉機送上飛吻。姬不置可否的瞇眼看他幾秒，將目光轉回電視。阿郎碰了軟釘子，嘆口氣，「等著我，Honey！」藉回應客人，轉身到那頭送酒。

不一會兒，阿郎又端了一杯罕見的翠柏綠的調酒 Appletini 放在姬的桌前，姬瞠目結舌地注視這杯如綠水晶的藝術品，好一會兒才反應過來，你要我醉倒在這？阿郎沒好氣，嘴角努向她的背後說，酒是那個穿白色 Polo 衫的先生送給妳，說好襯妳秋香綠的衣服。姬知道是誰送的，她沒有回頭，逕自舉杯高高地向空中致意，喝下了調酒。接下來的三十分鐘，Ali、Nui、James 都輪流過來跟她說話，Polo 男子卻沒有過來，她納悶，已經高舉杯子喝下他請的酒，暗示還不明顯嗎？姬喝到酒杯都見底了，藉著上廁所轉身看了九點鐘方向，沒有人影！她再急速的環顧全場，他不見了，就像桌上喝盡的酒杯，連酒痕都沒有留下。

姬本來像一隻張開彩屏的孔雀，做足了各式各樣優美的舞蹈動作取悅異性，舞沒跳完，心儀的對象卻飛走了，舞到底要繼續跳否，姬猶豫。喪失表演慾的她，卻不想草草收場，尾屏倏地開開張張，最後揚尾一收，算是謝幕。沒想到這個舉動引來更多異性的搭訕，姬無意和眼前的人眉來眼去，拎起手拿包起身就走。

翻出飯店的房卡，看到揉成一團的行李吊牌，鋪平打開後，看到5200的房間號碼，她不禁失聲地笑出來，機長碧眼喬洛還真有自信，相信她會登樓造訪？52樓是飯店頂樓的總統套房，的確很有吸引力，機長怎麼會住到總統套房？被升等的嗎？還是有特別關係？讓我上去一探究竟。姬振奮地抖動身上的羽衣，先搭電梯到50層的頂樓旋轉餐廳，掩人耳目，再從樓梯間溜上52樓。窄裙加高跟鞋，讓她走得有點喘，她停了步小歇一回兒，隱在52樓的樓梯間揣度，如何給喬洛一個驚喜的現身。她想了想，瞬間有了好點子，抬頭挺胸地走向套房門口。房門忽然推開，姬心悸了一秒後，馬上擺出迷人的笑容，側身而站，展現她玲瓏有緻的身材。一個用完的餐車被推出房外，後面是一個裹著白浴袍的黑妞，腳踏棕色豹紋的高跟鞋，走動時，前岔還若隱若現地露出赤裸油亮的雙腿。她先用慵懶的眼神掃過姬的臉，再昂起鼻頭，用勝利者的力道重重地關起那扇門。

姬怔怔地看著推到眼前的餐車，自己何時成了被推出門、失去新鮮度、丟得杯盤狼藉的殘餚？車上擦過嘴、留下唇印污漬的餐布，被屋頂的冷氣風口吹得啪嗒作響，像猛烈的龍捲風，襲捲自己而去。她轉身，手輕輕地點扶著牆面沿著長廊，走進了電梯，用力按下7樓自己的樓層，燈卻毫無反應，她才想起，總統套房的樓層是管制的，只有住客有房卡可刷卡上下進出，她怎麼會糊塗地忘了遊戲規則，跑來搭電梯呢？只好又踮起腳尖，尋著尾端的樓梯間下樓。在回程的牆面上，她看見五道清晰的印子，一路深深淺淺地劃花了高級絲布繃在走廊的壁紙，那是自己的指甲嵌在牆上，到此一遊的刻記。她濕漉漉的眼神還留在牆上，腳卻趕著下樓，每一階樓梯都像踩在崎嶇不平的石塊上，姬肯定地告訴自己，一定是酒效發作了。

第二個身分

姬從飛機往下鳥瞰紐約，葉子全然落盡，樹木都成褐色的枯枝，拔立在大地中。秋盡冬藏，樹葉順應節氣調養生息，等待來春再展英姿。姬喜歡美國的四季分明，周而復始，生生不息，尤其是冬季，讓她聯想到蹲跳前安靜地蟄伏。她尤其相信，躲在抖落的茂盛綠外衣之下，樹幹的糾結盤錯，才是真實的人生，姬從不相信有常青樹、百日紅這回事。

她下了機，直接到化妝室更衣，換上高領短袖的黑色洋裝，露出白皙的雙臂，又小心翼翼地用指腹將黑色絲襪套在腿上，慢慢地拉開。上次她太急，長指甲戳穿那雙她最心愛，腳踝有成串玫瑰花圖騰的絲襪。害她改變計劃，穿上褲裝應急，現在還清楚地記得當時的懊惱，她喜歡按部就班過她規劃好的日子，討厭突如其來的意外。姬最後戴上白色的珍珠項鍊，把項鍊的扣環轉到頸背下藏好，步出化妝室。所有的動作都是慢格的，姬刻意將紐約的時間冷凝在空中，她要等到同機組員都走光，才要回到地面的現實，回到兼職情人的新身份。

走出航廈大廳，黑頭車已經停在車道上，司機小楊趕快幫她開車門，送入後座。姬上車後發現只有她一個人。小楊說，曾先生臨時受邀到婚禮致詞，要我接妳過去會面，後面行程不變，還是到邁阿密開會。

姬好久沒有這種兒時的感覺：命運不在自己手上？曾先生竟然交她到陌生的第三者司機的手上？她輕輕皺了眉。從這過去要多久？極大的不悅從鼻息中吐出。不塞車四十分鐘。吞下原本想說的話，快走吧！

遇見曾先生是在朋友的飯局，不多話，但需要他發言時，又能侃侃而談，扼要得體，是香港移民後代，在商社裡非常活躍，僑界中一言九鼎。第一次碰面，曾先生在大家面前提議，要順路送她回飯店，姬感到有些意外。送她回飯店前，曾先生叫司機在紐約繞了一圈，給姬做了紐約市簡單的導覽，全講藝術、音樂之類，是知書達禮之人。他說他一人住在紐約，談話裡聽不出有家人的痕跡。分手前，他給她手背印下一個吻，留下古龍水的香味，這縈繞腦際的味道中又衍生出無限想像的空間。之後，曾先生常給姬發簡訊，天涯海角都能收到他紓發心志的短訊。

「趕場數個會議，耳裡響著簡報，我凝視牆上梵谷的自畫像想著，他的戲劇短暫人生，比我禁錮在格狀的會議室好嗎？」

「今天被飛過的鳥屎打到，買了彩券，不管有沒有中獎，我們都該為罕見的機率慶祝吧！」

曾先生知道這趟姬飛紐約，邀她一起到邁阿密開會，再一起看巴塞爾的沙灘藝術展、上藝廊、出船玩。姬喜歡有品味的男人，就答應了。

紐約的單行道極多，繞了半天終於停在早就看到的大酒樓門口，這是一棟紅色樓閣的中式建築，屋簷上還吊著大紅色的燈籠，很像拜堂的高燭在夜中燃燒。姬不禁想到《大紅燈籠高高掛》的四姨太，年輕、受寵、意氣風發，彷彿是自己的化身。

張莉——第一次出國

進海關

張莉從廣東趕來紐約參加妹妹的婚禮，小四歲的妹妹張梅像她細心呵護的芭比娃娃。小梅從小怕黑跟她同房，雖然張莉出嫁了，兩人還是比鄰而居。這次妹妹遠嫁紐約，就像張莉心頭鑿出的一顆紅寶石，送到美國給妹夫鑲成皇冠，儘管皇冠閃爍耀眼，但適不適合國王佩帶，張莉還是擱不下心。偏偏中國到美國的簽證手續特別繁瑣，跑了幾趟上海的美國領事館，補了幾次件才辦下來，她憂心這是妹妹前途磕磕絆絆的警訊，因此她跟單位請了兩個月的長假，和剛從國營企業退休的父母，及自營貿易公司的先生阿昌帶著六歲的女兒晶晶一起來美。

廣東的移民風氣，自古就有，遠的就是孫中山，近的就是駱家輝。外移最好的地方，當然就是遍地黃金的美國，成功移民後就寄錢回來修家祠、起新樓，光宗耀祖，再一個申請一個，把整個家族都搬出來。妹妹的對象就是同個鎮上，田公田婆的孫子，天龍。天龍小時候寄養在田公家，父母同心留在美國賺錢，直到升高中才接過去團聚。可能父母不在身邊，天龍特別早熟勤快，主動搶爺爺、奶奶的活做，嘴甜又會叫人，張莉特別喜歡田公、田婆帶天龍來串門子。這次結了這門親，張莉一家人都高興，欣喜妹妹嫁到大家稱羨的金山國，也高興張家總算攀親帶故跟美國沾上邊，等妹妹成了公民，就能申請一家人去美國。

張莉想起美國電影的時髦繁華，趕快把所有值錢的行頭都翻了出來，在妹妹的婚禮上可不能矮人一截。鄰居知道妹妹要出嫁，都託張莉帶了禮金去，還不忘利用一家五口的人頭，叮嚀張莉代買名牌包。張莉統計了一下，LV 五個，Gucci 兩個，Prada 兩個，她打算讓每個人身上背一個回來，剩下的放在行李箱，自用不至於課稅吧。

他們一家人聲勢浩蕩的入美國海關，海關人員細心檢查完不會說英文的爸、媽、先生、女兒，拍了照，也按了指紋，卻把張莉單獨隔離帶開，進入旁邊的小房間。

張莉從這被帶到那，和大家都斷了線，蓄鬍子的海關人員對她說了一連串英文，她驚慌的一個字也聽不懂，感覺比被中國公安帶走更可怕，只好猛說 No English，No English！海關走出，留置她在狹小的房間。她見隔桌有個黑皮膚鑲金牙的農婦，吆喝下把隨身的提包全倒出來檢查，似乎要求她把所有暗袋都掏空，最後，掉出幾片白色的衛生棉在大桌上，像沒血色的病人瞪大眼束手無策地躺在病床上。張莉驚了一下，在牆上五十顆美國國旗星子的照耀下，農婦黯然低頭，摔落的不只是女人的隱私，還有女人易碎的自尊心。

彷彿過了一個世紀之長，進來一位說普通話的女海關：妳手上勞力士的鑽錶超過美金兩千五百元，需要申報，你為什麼沒申報？張莉望了她手上戴得 AA 貨、滿天星假鑽錶，嚇得脫下來，是假的，是假的！女海關及另一個海關走向她，拿起手錶上下仔細打量，似乎不相信張莉的話，將手錶還給她。女海關又說，需要補 1.5 % 的稅。如果是假貨，美國不准攜帶假貨入境，這是犯罪的行為，要依法沒收。張莉不知自己充場面帶假錶入境，會惹出這麼大的禍，在國內，真假莫辨，反正只要豪邁、喜氣、有面子，大家不都是這樣嗎？張莉不知道因此犯法，正思考到底要將錯就錯，補稅了事，還是實話實說，給沒收手錶？可是又害怕因此惹來牢獄之災。一時之間，張莉的恐懼像水泥封住了眼、耳，大把的眼淚鼻涕倒灌，直往眼睛、鼻子衝，她像即將崩潰的堤顫抖著，嗚咽了起來。

女海關屏息不語，手指在桌上彈了又彈，兀然起身，告訴張莉：看你是初犯，下次不可以，再被抓到，加重刑罰。揮手讓張莉離開。

這是美國嗎？

張莉把在海關發生的事全吞在肚子裡，身上的仿冒品全送給妹妹，只留下手上的滿天星鑽錶。妹妹再分送給她的小姑、婆婆，儘管是假的，大家都開心的不得了。週末假日，張莉則帶著父母、女兒跟著華人街的一日購物團，到名牌的暢貨中心(outlet)掃購，人人雙手拎著大小包，一人限額的兩個行李箱要裝不下了。中國近幾年經濟起飛，大家都嚮往進口貨，進口關稅又高，只有靠出國旅遊時，一次買足。

一次結帳，隊排得太長，沒跟上購物團的遊覽車回去。妹妹的公婆開車來接他們回家，看到他們人手拿著四、五個名牌提袋，驚訝地說：二十元是衣服，兩百元也是衣服，我這二十元衣服純棉，丟洗衣機能脫能烘；這兩百元上面都是亮片，還得送乾洗，不划算，不划算！

從小察顏觀色的張莉聽出弦外之音，公婆要娶得是嫻淑樸實的兒媳婦，貢獻勞力幫忙攢錢，不是來花錢的。張莉拿出兩大包的 Polo 提袋，這是送您們的心意。公婆接過沉甸甸地提袋，大夥一字排開，人人提袋，不分彼此，和諧地成了一家人。公婆嘮叨停了，笑吟吟地轉問晚餐想吃什麼？張莉從小照顧妹妹，學到要爭取父母的疼愛，要搶事做、嘴巴甜、多送禮，至於外在的變數，像生不生出男丁，就如街上新開張、倒閉的店家無常難測，張莉幫不了妹妹，至少送禮討公婆歡心，能搏得多一點的好感，沉重的提袋裡裝滿張莉對妹妹的愛，希望他們多疼愛新媳婦。

她在心裡納悶，美國華人跟電影裡的美國白人很不一樣。就拿妹妹婆婆的穿著來說，除了妹妹訂婚那天，穿上紫紅色的旗袍，戴上金鐲子、金項鍊之外，平常婆婆頂著江青頭，公公蓄著小平頭，身上穿得都是藍灰色系，活脫像剛從勞改營走出來。和中國來訪的張莉一家人站在一起，倒像是幫傭的阿姨跟開車的師傅。張莉覺得他們像活在上世紀的活俑，還是雜貨舖的老闆呢，怎麼就穿得這麼寒磣？張莉幫妹妹的公公婆婆各買了兩套 Polo 的休閒裝，體貼地為他們著想，可換著穿。古話可不是，佛要金裝，人要衣裝。

張莉的父母待了兩週就說悶：在這不會聽說英文，像聾啞；住荒郊野外，又不會開車，那都去不了，像殘疾。在國內，早上公園有太極拳、劍舞可練身體，要上那，走路就到，這裡像坐大牢，只能往窗外望。便聲明在先，藉口帶孫女晶晶上學，婚禮完先回中國。

張莉想也好，就跟先生阿昌撿起兩人難得獨處的時光，待滿簽證給的六個月。在國內他們都在大城市念大學，先生還留日，是見過世面的人。英文儘管說得不好，慢慢看，也能猜出七、八分。夫妻結伴壯膽，搭地鐵四處跑，搭錯只要不出站，多轉幾趟總能到。雖然嫌華人街又臭又髒，還是習慣在中國城打轉，普通話的音調就是比英文好聽，親切。有安全感。

不知美國人習慣清淡，還是妹妹省吃簡用，張莉總覺得妹妹家粗茶淡飯，煮得菜沒滋沒味。吃久了別人家的菜，想吃自己喜愛的口味，她和先生有時藉故外食，嚐餐館的菜。遍嚐韓、日、中、越的餐館，還是中國菜便宜：三個菜 5.99 元，份量又多，張莉跟先生常合吃一份，不然就外帶給妹妹、妹夫加菜。自助餐有龍蝦、螃蟹、還有生魚片，吃到飽 9.99 元，比國內還便宜。

街頭巷尾總有漫天發的宣傳單，月月都有新開的餐館，天天找得到折扣。

王雅芬——陌生的異域

離家

聽說紐約一年有三分之一籠罩在冷空氣中。王雅芬不怕冷，她的四季都是冬天，唯唯諾諾的談吐，透出畏怯、陰鬱的氣質。服從是她的天命，軍人轉商的父親，加上唯命是從的母親，她的生命像父親做生意打的金算盤，任人撥上弄下，總是被擺弄著。到紐約念書是父親的心願，她在小學就知道未來要到美國留學，圓父親的「美」夢，儘管她不知「美國」跟「小人國」哪裡比較遠，但從父親斬釘截鐵地聲音裡，她知道那是唯一的桃花源。

曾經在美國的軍隊進修受訓的父親，一手包辦她的留學申請，再跟母親一同陪她赴美辦理報到入學手續，在機場的入境關卡，她看見好多留學生隔著玻璃頻頻回頭，向家人、朋友告別，徘徊在海關櫃台的後方不忍離去。

登機前上廁所，還聽到隔壁間傳來嚶嚶的抽泣聲，哭聲越哭越亮，後來還變成嚎啕大哭，在空曠的化妝間迴盪，加上吸頂的LED燈打下的白光，映照牆面青綠色的磁磚在鏡子上，詭異地像貞子隨時會從裡面飄出來。王雅芬沒敢逗留，手沒烘乾，急忙往外跑。

她很幸運有父母作陪，儘管從入境大廳迴廊的鏡子反射出，兩個大人中間夾著另一個大人的景像看起來很可笑，她早習慣在父母的保護傘下，也學習忽視外人矚目她的眼光。

落地後，父母先帶她到銀行開戶，申請學生簽帳卡，為她辦理預付卡的手機，又怕她受學生宿舍裡美國室友常開派對的影響，租了有兩個台灣室友同樓的獨立小套房，讓王雅芬能專心念書，早日學成歸國。

她跟著父母到周遭熟悉環境，最感親切的是這裡的中國超市，貨架上除了有台灣產品，還有日本、韓國的，她感覺這裡跟台灣差不多。尤其父母滿手提了大小包食品雜貨，像極了全家剛逛完台灣的傳統市場要回家的模樣。

父母約了兩位住同棟大樓的新室友，作東請吃飯，要她們多照顧王雅芬。這兩位室友看起來恬靜，一個是辛蒂，教育心理系博士生；一個是珍，對外英語教學系碩士班二年級，都是文學院，跟王雅芬的企業管理沾不上邊。父親說英文有問題可問珍，心理有問題問辛蒂。也不知道父母怎麼那麼快找到這兩位完美的女室友，王雅芬不得不佩服父母的體貼周到。

遠端遙控

王雅芬學校多元繁忙的課程，就如她每天搭乘到曼哈頓上學的地鐵，永遠有數不清、看不盡的新鮮事。在時代廣場換車時，看到招牌人扛著手寫宣傳標語，前面是一個巨型的紅十字架，後面是「信主得永生」。在他的幾步之遙，又看到一個穆斯林，跪在自備的毯子上朝麥加禮拜。車站內走動的人潮如螞蟻般，穿流交織在不同的月台，每個人卻各有所思，互不碰撞，像是除了自己，旁人都不存在似的，好一個「世界大同」的境界。王雅芬羨慕他們能旁若無人的做自己，和想法不同的人和平共處，相互尊重。她嘗試想像自己也揹著偌大的招牌，在家中來回走動。

「小芬，發什麼呆，還不去念書？」媽媽的聲音打醒了她的白日夢，雖然媽媽回台灣已經兩個月，但她的精神喊話總會在王雅芬精神鬆懈時像棒槌敲擊她，王雅芬不禁懷疑媽媽是不是趁自己睡覺時，植了晶片在身上？

儘管王雅芬在台灣的托福考得接近滿分，可是在課堂上有半數的英文還是聽得一知半解，雖然比剛到時聽得懂三成要好得多，可是期中考迫近，王雅芬對父母離開前賦予她的強烈信心，開始動搖，尤其是下課前，老師給的回家功課，總是沒把握到底有沒有聽全。她注意到前座總是舉手發言的褐色鬈髮的女孩，凱莉娜，下了課總是嘰嘰喳喳和鄰座同學聊個沒完，不像大多數的人，下了課起身就走。王雅芬遂起意跟她做朋友，主動介紹了自己，來自台灣，英文不太好，想跟她確認回家功課的內容。凱莉娜一副非常驚訝王雅芬開口說話的模樣，彷彿王雅芬應該是個啞巴似的。王雅芬兩個月來總是輕飄飄地進出教室，坐在角落，從不發言，瘦高的她就像幽靈般地從未存在過，難怪凱莉娜會露出這麼訝異的神色。凱莉娜很快和王雅芬核對了功課，還抄了自己的電話給王雅芬，如果還有不明白的地方，打給我。王雅芬非常感謝凱莉娜的友誼，把電話轉寫在企業管理課本的首頁，這組號碼像是一組密碼，打開厚重學業的首頁，也讓王雅芬沉悶的人生進入了另一個世界。

王雅芬從地鐵站下車，回家的路上，會經過一個社區，每戶的一樓門口總放著兩三把小椅，男女老幼著無袖上衣、短褲，隨性而坐聊天，音響開得喧天擾人。王雅芬沒辦法迴避，得從中間穿過去，經過也不敢多瞧，小跑步快速穿越。有時王雅芬踏著夕陽餘輝回家，還會被兩旁的男生接力吹口哨，吹得臉紅耳赤，王雅芬從來不搭理他們。自從和凱莉娜交了朋友之後，才知道這個充斥音樂的社區，是拉丁美洲移民的小區，大部分的人和凱莉娜一樣，來自加勒比海的波多黎各，說西班牙語，難怪王雅芬從中間穿梭兩個月，總是沒聽懂音樂裡在唱什麼。凱莉娜告訴她，跳舞、音樂是拉丁美洲移民生活的一部分，可解鄉愁，又可振奮心情。大家同是天涯遊子，王雅芬了解這種晦澀的感受，她從剛開始路過時的害怕，轉變成現在的理解接受，走過去還會刻意放慢腳步，藉助熱鬧的拉丁音樂，療癒自己無處宣洩的思鄉苦。

婚禮——姬、張莉、王雅芬

姬下了禮車，到婚禮的入口，等著跟曾先生會合，一下子就被洶湧的人潮推擠到喜宴的收禮檯，人雖多，寒喧聲也大，隊伍卻井然有序排得像工廠的流水線。首先，姬拿到一隻筆，櫃檯人員引導她簽名。她想，曾先生不在，該簽誰的名字？曾先生的全名是什麼？正猶豫時，看到櫃檯上放著點鈔機，啪嗒啪嗒吞吐著鈔票，收禮的人員，用驗鈔筆確認前方貴賓紙鈔無誤後，拿起麥克風：「陳金發先生，美金三百元，謝謝。」旁邊響起如雷的掌聲。「小姐，您的禮金還沒給！」隊伍被推著往前移動，追索的聲音卻緊追在後，姬的腦子被啪嗒的點鈔聲跳得一片空白，手卻不自覺掏出錢包，翻開，只有台幣及小額的美金，該包多少呢？姬又陷入一陣長考。櫃檯前方的小姐，瞄了她的錢包：「我們什麼幣都收，開支票也行。」姬惱怒自己最自傲的冷靜沉著全都不見，竟然無法思考，身體麻木的動不了。隊伍又往前挪移，感覺有人從背後架住她的臂膀，把她從隊伍拖出。這種感覺很熟悉，機場的保安，架開鬧事的乘客就是這樣處理的。

「妳怎麼在這排隊？等妳好久了。」曾先生把姬從人群中護駕出來。

姬一路跟著曾先生走到禮堂前方的主桌才回神。我為什麼要來這場新人我不認識的婚禮？還被強索紅包？姬遲半拍的意會，讓她紅了鼻頭。這時，曾先生將姬一把摟近，接住她手上的長外套，拉開椅子讓姬就座。曾先生大動作地讓姬入座，惹來鄰座好奇的眼光，曾先生優雅地坐定後，向同桌的賓客一一問好，即側身跟旁邊的人聊了起來，留姬面對大家的詢問。她掛上空姐45度上揚的標準笑容，稱職地有問必答，說的多是無關緊要的內容：稱讚婚宴氣派，紅喜幛、玫瑰，燒出一團祥火，婚姻定名利雙收；牆上投影打出新郎、新娘的童年照，方頭大耳福相、唇紅齒白旺夫；就是沒說出她跟曾先生的關係。

姬被周遭一連串的詢問，麥克風的禮金報數唱名、猛烈的掌聲，搞得肩頸緊縮，牆上不間斷的投影片播得是別人的彩色人生，她卻在這為陌生人說戲。姬受到形體、精神，相當大的擠壓，眼前濛濛、耳後隆隆，她真覺得不屬於這裡，示意要上廁所，她走出門外透氣。

走出了金玉滿堂的婚宴大廳拱門，感覺重返人間，不再像置身百老滙，每個人的嘴臉都那麼浮誇、巨大而不真實。姬大吸了一口氣，在迴廊的椅子坐下來歇息，才注意到這棟酒樓的前側是婚宴區，後面是飲茶小吃部。堂食的生意很好，外面的椅子坐滿了等叫號的人：有三代同堂、也有推著娃娃車的小家庭。青少年多拿著手機玩遊戲，也有爺爺奶奶帶孫子看魚缸的游水活魚。

一時，拱門內鑼鼓喧天，嗩吶鼓點聲齊揚，姬湊前，透過拱門往內看，時空穿越幾百年：新郎新娘出場了，旁邊跟著雙方家長，女的清一色是旗袍，男的全著馬褂，新娘和新郎個子都小，新人卻在胸前掛了一對大如頭的紅繡球，新娘更從手到脖子一路掛滿了金飾，似乎是棵要壓垮的聖誕樹。還好夾擠在福態的長輩群中，不至於摔跤。舞台上的燈光直直打在新人的臉上，新人額頭、唇邊掛著一粒粒的汗珠，鼻子猛冒油光。旁邊有位別著孔雀羽毛加水鑽頭飾的女人，神韻很像新娘，應該是姊姊，拿著大手帕頻頻幫新娘擦汗，幾乎遮住了新娘的小臉。新人倆面目模糊，看不出喜悅，只看到能擰出一桶水的手帕前後穿梭；身旁親人的表情倒是一個比一個清楚，人人冽嘴大笑。姬覺得這場婚宴真像笑鬧劇。

「好稀奇，吹嗩吶呢，新娘該不會是坐花轎進來的吧？」姬的耳旁擠進尖聲。「台灣穿西服結婚，美國反而穿旗袍，還敲鑼打鼓呢。」「紐約辦喜宴真熱鬧，裡面還開獎什麼的，一直報號碼，歡聲雷動，好像台灣的大樂透開獎。」姬朝聲音出處看了一下，三個台灣口音的女學生興奮地交換意見，其中她旁邊，踮腳站了個女孩拼命往內擠，想看清楚裡頭的熱鬧，姬趕快從人群中脫身，讓出位子給這位好奇的小女生。心想，婚姻，你們去搶吧！

「來賓王雅芬三位，來賓王雅芬三位，您有位子了。」堂食部的經理在等候區喊號，奇怪，怎麼無人應聲，探頭一看，原來吃客都擠在婚宴廳的拱門外看熱鬧。

第二章

覺悟

躋身上流

和陽光近距離共處了這麼多年，邁阿密上空的陽光，像萬丈激光，攻擊姬的眼睛，眼中只見大小套疊的光圈，讓她看不清周遭的一切。是她換了心情嗎？以往在機上工作，沒有閒情向外眺望，這會搭的是曾先生的私人專機，有年輕高眺，制服緊裹、身材呼之欲出的空姐穿梭服務，她看穿了空姐眼中的羨獵，得意自己是被服務的對象，下巴微抬地接受空服員的噓寒問暖，心中不自覺升起一種競爭心。一方面又怕太多的交談，會洩露自己也是空姐的身分，因此用餐後，就把眼光轉向窗外，獨自面對看不透，棘眼的陽光。曾先生不時揮手跟她示意抱歉，聳肩表示他的身不由己。他上了飛機，就一直用衛星電話撥進撥出，姬知道他在政商都得意，一定很多事等他處理。搖頭回應了淺笑，表示不介意，心中卻懷疑，會挑上她，該不是認為她有空服員的堅忍，及獨立處理危機的能力吧？

降落在私人機場，馬上有人鋪上紅毯一路從艙門的階梯到地面。曾先生禮讓她先行，她走到艙門口正遲疑要不要先下，曾先生已經挽起她的手一起下階梯。下機後正、副機長都上前握手致意，祝他們有個愉快的假期。

姬下了機，眼前一片明亮，刺眼的光芒全散去了。

狂野的陽光，灑在海邊華麗的別墅群，打在行駛在林蔭大道的黃色藍寶堅尼，敞蓬車內流竄出六聲道的流行樂曲，惹得路過行人、車輛都多看他們兩眼。炫麗誇耀在此不顯突兀，反而變成大地的一部分。姬的心情像是從紐約解下了拘謹的航空制服，換上比基尼那樣的輕盈。儘管她要一個人先待在飯店一天等曾先生開會，但想到開完會，就出船到外海玩的安排，她有種躋身上流社會的興奮感。頭等艙、遊輪她都坐過，私人飛機及私人遊艇倒是第一回。

碼頭上各式豪華遊艇爭豔，曾先生的船已經啟動馬達，等著出航。這回他把手機留在飯店，放開了玩。船長已在碼頭上等候，問候 Jackie 小姐好，扶她登船。船身在海浪的顛簸中顯得變幻不穩定，遠處的晴空中掛著一朵朵像棉花糖的雲團，讓人想飛奔扯下，一坨坨溶化在口裡。遊艇在噴射馬達的推進中，往不見邊際的大海駛去，天邊的蜜糖越來越近，似乎已垂手可得；岸邊的人、屋、陸地像粼粼的波光，閃爍不定，漸漸消失、淹滅在大海的漣漪中。

穿白色 polo 恤的曾先生，胸前有隻海軍藍的大馬，在乘風破浪中，被風吹得鼓鼓奔騰，像脫韁而出的野馬。他在甲板上，手拿香檳，當麥克風嚷著：「海天一色，都沒有姬美得觸動人心。」接著噴開了香檳，倒入兩個細長鑲鑽的水晶杯，舉杯就敬姬，接著雄壯地朗誦：「乘風破浪會有時，直掛雲帆濟滄海。」姬記得這首詩，小時候被老師點起來背過，是李白的《行路難》。她印象最深刻的是詩中的〈行路難，行路難，多岐路，今安在。〉明明是首行路艱難，離別悲傷的詩，怎麼給曾先生朗讀起來，就這麼豪邁呢？行船中海浪浮沈的力量隱隱約約，有時大浪淘來，一個不穩就會摔跤。姬喜歡這種載浮載沉的感覺，這趟私密的海空旅行顛覆了她很多的成見，不滅頂，活在微醺的迷離感也不錯啊。

姬頻繁的飛紐約和曾先生約會，飛機還在紐約空中盤旋，姬的心已經降落在曾先生的懷裡。她往下眺望，看著筆直公路上穿梭的車流，很肯定地認出，其中一部黑色的勞斯萊斯是他的車。正往機場方向奔馳，帶她解開層層偽裝的束縛，離開煩擾的大城市，投入邁阿密的陽光海水，做赤裸的自己。姬發現她愛上的不只是曾先生，而是整個生活方式。

他們循著舊路駛向大海，不遠處浮現一座種滿棕櫚樹的小島，曾先生慢慢地把船靠過去，和岸上的人遠遠交換了手勢。船靠岸，岸上的人把曾先生的遊艇綁好，拖出一艘雙桿桅的帆船。

「Jackie，我教妳用手操控風帆船，試試人定勝天的感覺。」曾先生已經跳上帆船。「不難的，我主控，妳當副手，聽我發號司令，跟著做就行。」

姬剛開始站在甲板上乘風而行，加上暖陽打在身上，有一種微醺的感覺，不是醉船，倒像搏浪鼓前後撥動，舒服地全身按摩。乾脆躺下，讓身心浸淫在大自然的律動裡，昏沈中感覺有人親吻她，不知是真是夢。

她被搖醒還是震醒，沒時間追憶，她已經按曾先生指示站上右舷。風浪忽然大到有兩層樓高，曾先生急著拉起纜繩收風帆，大喊「Jackie，拉緊，拉緊。」浪頭打下，船整個覆蓋在水裡，姬被巨大的水流拖住直往下沉，口裡、耳裡灌滿了鹹水，她吐不出，也吸不進，嗆得腦門好痛，想說死定了。腦子浮出小時候，父親離家前的全家福合照，她紮起兩根辮子，露出缺牙，看著外公手持的相機，笑得好甜。忽然，她又變成未出母體的小胎兒，包覆在母親溫暖的子宮裡，在羊水裡快樂地悠遊。

一會兒，帆船頑強地浮出海面，被海水嗆到的姬，吐出海水後趕緊呼吸。

「Jackie，妳過來幫我收線，就一直拉一直拉，我來收另一邊的風帆。」姬驚魂未定，快跳過去收纜繩，她使勁地拉，手掌被纜繩絞出一道道的血痕，卻拉不住另一波強浪的來襲，反而腦海被驚濤震出，媽媽告誡她不要遊戲人間的畫面：「媽媽是命不好，選錯尪，妳書讀得多，眼睛開給金，不倘像你母傻。」姬的這側舷再被巨浪掀倒，她瞬間被船桿打中腿，落在海裡，還好手裡還緊拉著繩索，沒有脫離船身。曾先生仍然在右舷盡力奔跳，試圖將船導正。

其實姬非常氣憤曾先生在搶救帆船時，沒有一聲安慰，對她全是高壓的指令；又忍不住幫他找藉口，天人交戰的當頭，救命重要，那有時間談感情。

帆船在曾先生搏命地操控下，終於回正，駛離風浪。曾先生渾身濕透地走過來抱住姬，姬聽到兩人搏動的心跳及湍急的喘息聲交會著，閉了雙眼，落下死裡逃生的淚。

曾先生挺直身子，望著大海，頗有意會的說道：「人生就像船，大浪隨時來襲，我們都準備好了嗎？」姬百感交集，這樣驚濤駭浪的冒險人生是她要的嗎？命玩掉在茫茫的大海中，比青瞑，嫁給賭鬼的母親更傻吧？

姬帶著曬紅的皮膚返回紐約，腿上被船桿打傷的大片瘀血，從臀部外側一路延伸到小腿，被她妥善地藏在黑絲襪下。姬遮掩傷口，回到熟悉的天空，機長喬洛不知道她曾潛到總統套房找他，眼神依舊灼辣。喬洛看到姬在機艙穿梭，渴切的眼湧著兩團火，姬因此快速變回孔雀。只是這一回，姬不舞動，而看著喬洛舞。

姬想起小時候，與媽媽進動物園看孔雀，遲遲等不到孔雀開屏，帶著遺憾離去時，禁不住問媽媽，孔雀能飛嗎？若飛到天空開屏，該有多美？

姬抬頭看著天空……不忘空出手，拉整制服下遮著大片瘀血的黑絲襪。

飢餓

紐約飄雪了，寒氣逼人，姬喝了一大碗的雞湯麵，怎麼還是饑腸轆轆、手腳冰冷？她不知道饑渴的是她的胃，還是她的心？手機的新聞提醒著冬至將近，她感覺空氣裡彌漫著鹹湯圓的香氣，這是媽媽的拿手菜，她最高記錄一口氣吞吃下三碗。

以前每回出勤飛返台灣，姬心中就有幾百個不情願，如同在五光十色的拉斯維加斯狂歡，掃興地忽然間大停電。這回不同，姬歸心似箭。

靠近耶誕假期，預期乘客爆滿，不會是輕鬆的班，可飛了這麼久，這次當班，竟然重回第一次飛航的驚奇：從來沒碰過這麼多母嬰同機。耳朵都是小貓咪般嗡嗡響的哭聲，到處都有媽媽抱著小嬰兒，站在走道上，坐在椅子上，忘我的來回搖動，姬被眼前的晃影給搖暈了，到底是她錯走產房，還是這群中國媽媽把育嬰室搬進機艙？姬好奇的數了人頭，十一個娃娃，噢，角落還漏數了一個，哺完乳剛從媽媽的上衣滑出來，一共是十二個。

她很訝異這群媽媽並沒有太多的要求，比方說為奶瓶添溫水，姬發現她們都餵母奶，除了嬰兒的哭聲，及換尿布時從尿布一時洩出的大便臭味，姬沒感覺跟服務正常航班有什麼不同。這群媽媽穿著都很樸實，操福州話，想是趁耶誕假期，將孩子送回中國給爺爺奶奶帶，自己專心在美國賺錢。姬看這群年輕的媽媽，過完耶誕假期就要跟孩子遙隔兩岸，她想嬰兒們忽然吸不到親娘的奶，沒了媽媽心跳的胸脯做溫床，還能吃、睡得好嗎？可憐嬰兒不會說話找媽媽。料想媽媽在遙遠的美國，聽不到哭聲也不會心疼。

姬羨慕這群嬰兒的少不更事，爸爸離家時，她已經六歲，已懂得離別的撕裂苦。就像每天抱在手中的娃娃，忽然被大人猛力奪走，她不再睡得香甜，心中藏有一塊不可磨滅的娃娃空缺。姬不知道爸爸再組新家庭，有新太太、新兒女，還會想她嗎？猜想是跟這群福州媽媽一樣，看不到就不會心疼吧。

姬發現她的生理期早來，想跟同機的組員小敏借生理用品，見小敏剛進化妝室，於是姬在外頭留意小敏的行蹤。小敏遲遲不出來，出來後又鬼鬼祟祟去翻她的私人行李，姬聞出了詭異，偷偷地盯梢，被機靈的小敏發現。小敏揮手要姬過來，「妳幫個忙，幫我打排卵針，我剛剛注射臀部斷了針，還好有帶備用針。我婆婆給我好大的壓力，這次的試管一定要成功，已經打了九天的排卵針，絕不能敗在這支斷針上。」姬幫空姐打排卵針已經不是第一回，她為嬌艷盛開的姊妹們嘆息：又不是母豬，為什麼非要生仔，才能證實自己的價值？她看過太多空姐沒生孩子前為工作跟先生吵架，先生說生活一成不變，要孩子當潤滑劑，好不容易生下來了，婚姻也沒保住。男人都是花心大老倌，孩子才綁不住男人，反藉老婆懷孕、帶孩子忙搞外遇，別傻了。

姬小心藏住眼中的睥睨，接住小敏給她的針管，跟她進了化妝室，小敏拉起裙子，雙眼虔誠地拜託姬。姬點點頭，在佈滿瘀青針孔的肌膚上，細細地尋找，終於找到一方空白，補下一針。

姬不明白上天的安排，有人千金難求，有人卻不請自來……。姬想起之前進婦產科，要求填寫的那張表格，幻想有一項問題是：你是父母期待來臨的寶寶，還是不得不生下來的孩子？

問卷，當然發給機艙內的十二個小寶寶作答：有的不耐高空的艙壓，已然哇哇大哭，好似用盡全身力氣抗議媽媽落地後的遺棄；有些睜著大眼骨碌碌地跟姬對看，像是用眼神宣示自己的存在；也有些嬰兒，靜悄悄地睡在媽媽的懷抱，彷彿已認了命運的安排。

跟小敏在走道兩頭分送茶水時，姬很想惡作劇問客人要點什麼：Coffee、Tea or Kid？想起客人乍聽下的茫然，自己都忍不住笑了出來。小敏這時從客人手上接過一個奶瓶給姬，也笑著，妳那有熱水，可以沖泡奶粉嗎？姬看到小敏藏在笑中的苦，怎麼也笑不出來了。

寒氣逼人

姬在桃園機場落地後，冰冷的濕氣，從四面八方圍了過來，濕冷的霧氣從空氣滲入皮膚，再穿透骨頭，肌肉都隱隱發疼，甚至感覺比紐約的冬天還凍。姬飛過了加拿大的洛磯山，俄國的白令海，日本的北海道，都到了亞熱帶的台灣，還是飛不出這股陰寒，姬詫異飛越半個地球，竟甩不掉寒流，直到高速公路外的大佛雕像滿滿地映入了姬的視野，她才感覺到心和意暖。每每在往返機場的路上，看到這尊大佛，就有股安全感，知道家不遠了，她默念南無阿彌陀佛。

姬這次沒有回到自己市區的套房，她站在板橋媽媽家的門口按電鈴，期望給她一個驚喜，撳了好久，沒人回應，她只好拿起鑰匙開門。鑰匙久沒用，她吃勁地扭動這扇老門鎖，好不容易轉開了門，屋內燈滅陰暗，姬不開燈，篤實地循著兒時的記憶前進，踩著厚實的木頭地板，讓供桌上花朵的清香擁簇她走進餐廳，神桌上兩道清光，反照著潔白的觀世音菩薩，姬凝視這尊溫潤慈祥的面孔，疑惑不在家的媽媽，會上哪去了？

莎拉布萊德曼的〈Anytime Anywhere〉手機鈴聲響起，她很偏執地總是要聽完歌曲完整的第一段，才接起電話。莎拉的聲音像來自幽渺的異次元，碰到她的聲波，就感覺跌入另一個世界，能超脫出常情常理的人間。尤其當姬查過〈Anytime Anywhere〉的歌詞後，發覺這首義大利歌曲，唱的就是她的心聲：「這曾是我的城市，我卻也再不認得，現在我只是一個沒有故鄉的陌生人。」姬在不開燈的黑夜，久違似曾相似的老家裡，聽莎拉唱出自己迷惘的深情，姬感覺一下接受的太多，頭痛耳漲的厲害，嚥口水想舒緩，發現吞下的是泉湧的熱淚。她詫異，已經多年沒有掉下一滴淚了，曾經以為自己在人生諸多的磨難下，已練成鐵石心腸，現在心卻穿透自縛的厚繭，隨著莎拉感性的聲音肆意地游。〈Anytime Anywhere〉一遍又一遍地繚繞著姬，姬不意間鬆手，手機摔落地面，姬才下意識地接起鈴響多時的電話。

「小敏臨時請假，要妳抓飛出勤務代班。」才下的飛機，又要整裝起飛？姬不由得哼起Anytime Anywhere：「這曾是我的城市，我卻也再不認得，現在我只是一個沒有故鄉的陌生人。」

時代廣場——姬

窗外白雪紛飛，層層疊疊地壓著屋簷、樹木、人，儘管時代廣場的霓虹燈投射出絢爛的幻彩，姬的眼前只看到大地俛伏低頭，一片清白，襯得穿了紅底鑲藍邊旗袍的她更加豔麗，像雪中綻開的臘梅，一枝獨秀。姬特意梳了髮髻，打扮成清朝的格格，頭髮別上一朵在飯店大廳買來的桃紅色牡丹。

這朵牡丹本應跟其他的牡丹插在客廳的花瓶中，大廳一對冒失的情侶，問了路，急忙地從姬的面前擦身而過，這支艷紅的牡丹活生生地被折斷，啪地落地那聲，像慢動作停格在姬的腦海好幾秒，她感覺跛了，好像被折斷的是自己，她愁悯在枝枒綻放的青春，一秒後已然殘缺，斷成一朵，沒有莖輸送水分，花撐不了多久就會謝的滿地。好在桃紅色的牡丹燦爛盛開，花瓣初展緊實，無四散，她捨不得的從地板撿了起來，將僅剩的花頭靠在手上大把的花束裡，上樓回房時，她嘴裡還直嘀咕路人的魯莽。

進房對鏡整裝時，姬發現自己的臉太白淨，被紅緞絨的旗袍搶得不見血色，索性拿起桃紅色的牡丹花頭，折掉僅連的小斷枝，往耳後一別，重瓣冶艷的牡丹似乎還魂，妝點了姬的氣色，一支獨秀下，比手中大把的牡丹更嬌媚呢。

姬從透明塑膠花套裡抽出的鮮花，一枝一枝插在花瓶中，再將群花排出高低錯落的線條，這線條倒像柳絮飄搖，也像刪節號，拉出一串未知。姬看窗外密實的急降雪，擔心交通大亂，朋友不能如期趕來新年倒數。

能在紐約時代廣場倒數迎接新年，是姬從小的願望，她總是看電視轉播，群眾們在落下的彩片中，擁抱親吻身旁的人。姬想著，他們彼此認識嗎？不管他們認識否，擁抱親吻的舉動，都讓人有世界大同、「We are the world」的親密感。

這次姬跨年被抓飛，頂得是小敏的缺，小敏私下告訴姬，她得配合排卵期跟老公合力作人，為了答謝姬的成全恩情，讓出一年前就訂好的時代廣場飯店給姬跨年。

小敏在結婚前，是跑趴女王，結婚後，性格丕變，開口閉口都是老公。老公喜歡小孩，她就拼了命趕著生，真不知道，愛情的魔力如此驚人，讓她心甘情願犧牲這麼大？

窗外聚集來跨年的人群越來越多，儘管大雪紛飛，都融化不了這些人頂著風雪，共度新年的熱情。姬看了手機，紐約市 -3 C，雖然屋內有暖氣，她看著一室淒寂無人的空間，打起了寒顫。

時代廣場旁架設的舞台鷹架，歌手正載歌載舞的進行彩排，舞台旁有警衛，將周遭團團圍起，儘管擁入的人潮如落下的白雪，量越來越大、擠得越來越密實，警衛卻如路旁紮實的大樹，頂著白雪，毫不移動。

姬羨慕四面八方來聚的人群，熱情揮舞著自己國家的國旗，站在冰天雪地裡互相取暖。姬沒這個膽量，她想的除了迎新的喜悅，還有瘋狂的恐怖份子，會不會躲在舞台旁忽然引爆炸彈，血洗時代廣場呢？待在室內，往下眺望還是比較安全。姬知道自己的家庭不能給她財富，她最大的財富就是生命，她立志要用強壯堅毅的生命，創造出巨額的財富，帶媽媽走出貧窮，抬頭過好日子，所以她不能冒險。

姬被電鈴聲響驚醒，是空姐晴，她拉著男朋友 Jack 和她擁抱問好。顯然晴又有新歡，對照上次晴被前男友送回來的落寞，這回她像盛開的玫瑰，舉手投足都有濃郁的芬芳。Jack 獻上一枝紅玫瑰給姬，祝她新年快樂。今天是化妝派對，晴打扮成貓女，手執黑鞭，Jack 是戴了金鬈髮的獅子，他們笑嘻嘻的說，貓跟獅子都是貓科，這樣的戀曲才合邏輯，不過小貓也會變老虎，到底是馴獅表演，還是獅虎鬥？晚一點酒喝多就知道了。說著放下手上帶來的伏特加，自己到吧檯斟酒去了。

接著，裘蒂也帶了男伴進來。姬沒邀她，裘蒂是小敏的死黨，雖然小敏不能來，姬接替了這個房間，她還是執意要來。裘蒂維持她一貫的風格，儘管是化妝派對，她也照樣酥胸半露，穿迷你裙、高跟鞋，讓姬看不出來她扮的是什麼。她進屋後，從包包裡拿出白蕾絲邊的髮帶，戴上後，口喊著「Room service」，拿出一個小掃把，朝著身旁的男人，搔搔脖子，搔搔胸口，接下來，繼續往下掃。姬看了慘不忍睹，眼睛忍不住閉起來，很想甩上門把她關在門外。別人不會誤以為她邀了一位阻街女郎來助興吧？

這時，安琪擠開了站在大門的裘蒂，請她讓出路來。安琪是姬在一次紐約演講會認識的朋友，安琪是台灣移民，中學就來了美國，有中國人樂善好施的美德，也有美國人仗義直言的俠女性格，她們很談得來，甚至有相見恨晚的感覺，就像現在不需言語，安琪就能讀懂姬的心事，把裘蒂弄離門廳，趕到客房。

安琪帶了外科醫師的男朋友John，他們倒簡單，直接穿白袍來，還掛上聽診器，安琪則穿上John幫她借的護士服。說來好笑，剛剛安琪對裘蒂說話的語氣，就像護士推急診病床時，有人在前頭礙路的不耐煩。安琪轉身要介紹一位新朋友，姬先驚呼：史帝夫・賈柏斯。穿著黑色高領毛衣，戴圓形無邊鏡架的男子點點頭說：Stay hungry,Stay foolish.手上還拿著iphone。安琪笑出聲，今天不是萬聖節，你怎麼不待在蘋果上班，到處亂跑？安琪說他真叫賈柏斯，是科技人，自己開公司，跨年落單，找他一起來熱鬧。

姬數了一下人頭，連裘蒂這兩位不速之客，共七位。這間行政套房有客廳，餐廳、及一個客房，劃分成三個獨立的區域，還不算太擠，希望裘蒂能乖乖地待在客房，不要隨意走動，想到這裡，姬不禁皺起眉頭。

裘蒂卻喜歡朝人多的地方擠，她帶男伴過來狹蹙在客廳的單人沙發上，聽John說在急診室遇到的趣事。裘蒂並沒有安靜的聽，她身子不斷扭動來磨蹭男伴，姬剛好站在裘蒂的對角，視覺上很不寧靜，她好奇什麼樣的男生會交往，像裘蒂這樣大膽忘我的女友？這個念頭讓姬忽然對這男子產生了興趣。這位男士有深褐色的頭髮，穿著貼身的條紋西裝，尖頭的蟒蛇皮鞋，看起來不像是美國人，姬推測是法國或義大利人，應該是金融或精品界的高級主管。本來姬不好意思看他們，後來自己莞爾，他們都不害羞了，我又顧忌甚麼？想讀穿蟒蛇男的心，她眼神直直落在男子的眼上，他保持著微笑，配著微微抖動的身軀，又一副笑的尷尬的神情。姬才意會到裘蒂可能是霸王硬上弓，男子基於禮貌不好推拒，她開始同情這位被裘蒂黏上的歐洲紳士。John 口沫橫飛的說著急診室開刀房裡的場景，酒鬼爛醉，麻醉藥力不敵酒性，刀開下去，John 朝自己肚子劃一刀，瞪大眼停了幾秒，鬼哭神號，學酒鬼痛醒的表情，逗得大家把酒杯全乾了。

「我是安東尼，這場跨年派對辦得別出心裁，窗外有熱舞表演，室內有化妝晚會，有戲有故事，妳真是好主人。」姬聽口音更加確認男子是法國人。安東尼說他負責法國L化粧品的行銷業務，剛派到紐約兩個月，裘蒂是他在其他派對認識的朋友，邀他今晚在時代廣場的飯店裡跨年。他似乎急於撇清跟裘蒂的關係，裘蒂倒貼得緊，卻換得這樣淡泊的關係，姬漠然看著剛離開裘蒂大腿的歐洲紳士，開始同情裘蒂。安東尼卻越說越起勁，盡往她身上靠，姬不敢置信他竟敢公然調情，納悶裘蒂去哪了，怎麼不見人影？姬藉機倒酒，在套房轉了一圈，原來裘蒂已經醉倒在床上。

電視畫面與外頭電腦看板同步，閃爍著 5 4 3 2 1，水晶蘋果瞬間掉下，紛飛的紙片讓時代廣場蒙上紙醉金迷的距離感。兩隻貓科的晴與 Jack 纏綿擁吻，醫師 John 與護士安琪長吻擁抱，這都合乎邏輯，落單的賈柏斯跟女僕睡著的安東尼能抱在一起嗎？姬眼看賈柏斯跟安東尼齊步迎向她，姬在新年的第一秒就面臨了抉擇，裝扮成中國格格的她，投向了賈柏斯的懷抱。

一片紙花飄上了賈伯斯的肩頭，姬拍掉它，更多的紙花飄了下來。廣場上，好多人都還原成小孩子，撲、躲著或者手足舞蹈；應該還不到黎明時刻，但遠方的天際線，有淡淡的紅以及微微的黃，是另一座城市與另一群人，在遠遠處鼓譟，姬看著紙花飄下，是什麼也聽不到了。

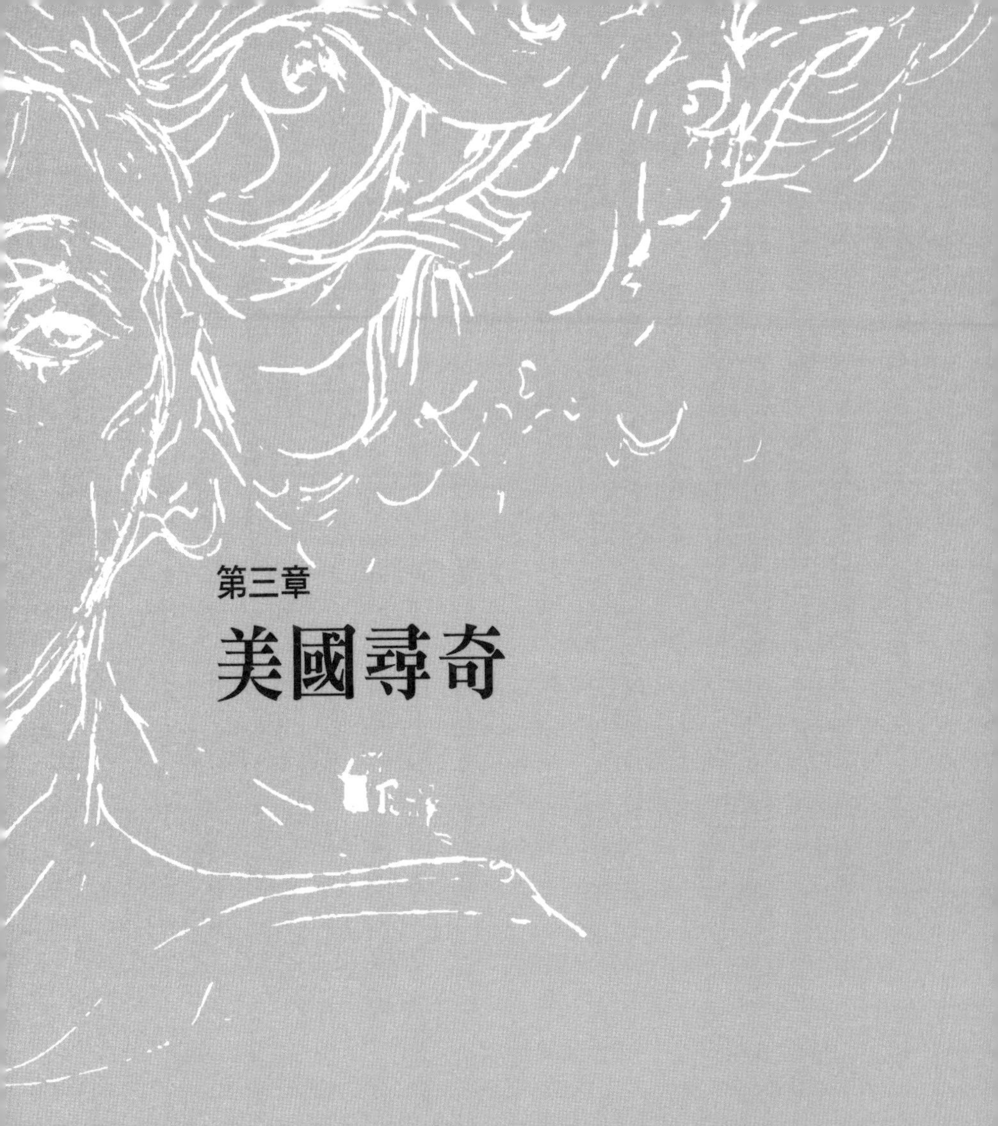

第三章

美國尋奇

巧遇四姨

張莉吃膩了妹妹家的粗茶淡飯，美其名是健康，少鹽、少油、不吃肥肉，但中國菜少了味蕾的刺激，再生香有色，都像嚼甘蔗板，充其量只是口腔運動。妹妹家被美國高踞不下的糖尿病、高血脂、高血壓嚇得什麼都不敢吃。妹妹的公婆都精瘦，況且張家沒出過胖子，華人不可能吃成美國人的那種體態，我們是蒙古種、跟白人高加索種不一樣，成吉思汗在寒冬征戰西亞，建立蒙古帝國，就靠濃奶茶、牛羊肉及內臟解渴充飢，高油脂飲食，戰士各個健壯驃悍，橫掃歐亞，沒聽說什麼三高的。

張莉跟先生在妹妹家吃不飽，也餓不死，饞得想吃廣東炒蟹，轉進一家新開張的中國超市買活蟹，海產部擠滿了人，吆喝著要這魚，那龍蝦，旁邊的籮筐裡爬滿田雞，瞪著大眼上下跳，張莉看到角落大螯被綁起的螃蟹，蟹腳四處划動，像是告示蟹腿的肥美，張莉挑了幾隻快爬出箱子的青蟹，滿意地夾進袋。接著張莉像是嘴裡嚐到蔥薑爆炒青蟹的香味，抿了口舌，問超市人員哪裡賣大蔥大蒜？人員指著地上正在分類揀菜的大嬸，「問她。」

張莉上前一問。「等等，菜就快分好了，等會兒，我帶妳去拿。」回答的聲音那麼熟悉，一下讓張莉回到中學的課堂上。等大嬸把菜送到她手上，張莉不確定那是她認識，在國內教書的四姨嗎？眼前是一位頭髮花白，眼嘴下垂，剪成齊耳學生頭的老婦人，乍看倒像外婆。聽說四姨跟四姨父幾年前依親移民，在費城開餐館發達了，總是寄錢回中國，留在國內的表妹、表弟還因此各買了一套房子。

張莉疑惑地在婦人臉上尋梭，想找出蛛絲馬跡，對方定眼的看了她，一把將她抱住，「小莉，真是妳啊？」四姨的眼淚已經一串一串滴在張莉的肩膀上。

「四姨妳怎麼會在這？」四姨嘆了一口沒有盡頭、沒有力的氣。「說來話長。」

四姨把張莉拉到旁邊堆菜的貨倉，「現在上班不好說，七點下班，能等我一會嗎？」四姨的聲音，嗚嗚泣泣，像是深井的回聲。下一秒，四姨卻像大棒敲醒，抹乾眼淚：「別跟妳媽說，別跟任何人說在這碰到我。等我，轉角有家糕餅鋪，妳在那喝茶等我下班，好吧。」四姨不捨的回過身，拖拉著碎步走進菜堆裡，蹲下繼續靜靜地揀菜，這一回身，切斷所有跟張莉的連結，及四姨對世界的連結，彷彿蹲在那的是生命中隨時擦身過的路人。張莉不由得揉了眼睛，四處找阿昌，真希望他在旁邊確認這是真實發生的情景。

張莉和阿昌坐在糕餅鋪靠窗的位置等四姨，阿昌買了世界日報，埋頭進入華文世界；張莉向外張望，眼神穿透了佈滿手印、廣告海報的玻璃窗，看到了張學友大西洋城的演唱會，這些五光十色的霓虹字體，遮攔不住張莉向前探視的眼光，一直望到蹲在地上和客人討價還價的街頭的菜販，她回到了中學的時光。

周遭的色彩黯淡昏黃，放學後，小莉跟著教她歷史的四姨一起在黃昏市場買菜。四姨常說，菜販起早挑菜出來賣，傍晚歸心似箭，他們賺得是農稼的辛苦錢，因此四姨常常向熟識的菜販包了剩下的菜，讓他們提早收攤回家。小莉很喜歡四姨力行她心中的天道，不只菜販笑瞇眼挑著扁擔回家，小莉也能分到一些蔬果給家裡加菜。一個買賣，三方高興，四姨受到鎮上人的愛戴，是她的善良，而不是因為她是老師或是校長的太太。

忽然菜販不再瞇眼笑，把地上的布一拉，扛著就跑，街頭原來熱鬧有序的攤販，像被踢翻的貨架，人貨四處亂竄，警察在後面追，五色的街角，瞬間成灰白，一位被追到的攤販，像是被踢爛的蕃茄，臉色漲紅，眼淚直噴，正接著警察開出的罰單。

四姨這時穿了碎花衫進來，脫下廚房的工作袍，氣色好多了。「四姨這是我先生阿昌，我們一家特別來紐約參加妹妹的婚禮，小梅嫁來美國，就是田公的孫子天龍啊。四姨父呢？你們費城的餐館呢？」

「費城的餐館，惡夢一場啊。」

我們排到隊依親到美國移民時，姨父都快六十，我也五十八了，為了趕來報到，我們狠下心犧牲了學校的退休俸，就是求一個更好的生活。到了這，姨父依親的姑爺爺，底下的表哥，介紹我們頂下一家出讓的中國餐館。我們天天上門，觀察了二個星期，生意興隆，座無虛席，一個月後，就把從中國帶來的積蓄，全部給他，頂下餐館當老闆。

第二個月，客人少了一半，到月底，請的員工都比食客多。我問會計怎麼回事，他說上個月老闆大發折價券，客人都來撿便宜，這個月沒發。我們才知道生意都是假的，被騙了。我們的餐館在黑人區，常有外賣要送，就算點餐的錢不多，我們賠油錢也送，想勤奮點也能聚少成多，沒想到被打劫，錢搶走，還打得一身傷，命雖撿回來，總是感覺太陽穴頂把槍，魂是嚇飛了。只好便宜出讓餐館，想還是幫人打工好了。我們年紀大，又不會英文，找工作四處碰壁。四姨父透過同鄉的關係，好不容易才找到廚房炒鍋的工作，那有多熱啊？他以前是校長，沒下過廚房的，雙手被炸得都是水泡。四姨吸了口長氣，停了好陣子，才能繼續說下去。我也是透過教會朋友的幫忙，才找到這個雇主，早上幫忙揀菜，晚上幫她帶小孩，還好也是包吃包住。四姨的聲音此時像擰不出水的毛巾乾啞著，「現在我們夫妻倆一個月見一次面，把錢全部存起來寄回去。我們要七十了，再拼兩年，就回中國享福了。」四姨乾癟的身軀竟是讓買給表妹、表弟的兩棟洋樓榨乾的。

四姨幽幽地指著窗外，別小看街頭擺攤賣菜的小販，我的雇主本來就在這個位置賣菜，賣了兩年，買了車，現在又開了這個新超商的鋪子。美國只要肯幹，四處都有機會，可惜我們等到身分的時候太老，時不我予啊。

這時，張莉像是在窗面上看到姨父兩手端不住大鑊，雙腿抖得凶，額上的汗珠在皺紋裡緩緩地爬下，睜大了眼看著張莉。

張莉也張大眼看著姨父，走在大陸老家的鄉間路，路旁騎著腳踏車的家長看到姨父，脫斗笠跳下車，立正鞠躬。「校長好！」姨父威武地走，意氣風發；跟現今端著大鑊，圓鼓鼓的雙眼裡佈滿血絲的姨丈，像是今生與來世的孿生兄弟。

黃大仙PK西洋大仙

妹妹和妹夫，每個週日都打扮得隆重上教堂。頭一次週末清早，見到妹夫打領帶穿西裝，張莉糗他，一大早，兩人上那約會？妹夫正經八百地說，上教堂、見耶穌基督。張莉暗自偷笑，平常工人裝、牛仔褲的妹夫，上自己經營的雜貨鋪、見上門惠顧的財神爺都沒一個老闆樣，去教堂朝拜一個死去的人，需要如此的盛重？誰真正拿鈔票養你了？

妹妹這時從房間走出來，問他們夫妻要不要一塊去？這已經是第七次問他們了，從他們到紐約後，每個週末上教堂前都鍥而不捨地問。他們倆虔誠地連結婚第二天都上教堂，才去蜜月旅行的。

張莉看以前隨祖母拿香拜黃大仙的妹妹，現在跟隨先生的信仰成了虔誠的基督徒，她感受到嫁雞隨雞的順從服膺，她羨慕妹妹擁有的良善婦德。在中國人人得往上爬，慢了就被踩在腳下，「我」的意識壓倒「群體」意識，在父母、張莉的保護下，妹妹不需要爭奪就擁有了一切，罕見地擁有舊時代溫、良、恭、儉、讓的品行呢，不會搶奪的人生是幸福還是詛咒呢？

張莉想著，他們已經在這住了七個星期，妹妹料理三餐，照顧不通英文的他們，週末安排外出遊覽，此時她可感覺妹妹涓遠流長對她的感謝，正緩緩地挹注在照顧他們的生活起居中。張莉雖然在婚禮包了大紅包給妹妹，但她知道從小幫妹妹梳辮子的那份深情已經編進髮鬈中，這種緊密的情感是父母無法取代的。張莉想著這趟回去，兩人就分居兩地，過著沒有交集的生活，她開始倒數，珍惜每一秒她們能相處的時間。

「好，我們今天上教堂。」先生阿昌嚇了一跳，知道張莉是拿香拜拜的信徒，他還幫張莉緩頰，「我們倆穿這樣能出門？」虔誠基督教徒的妹夫是又驚又喜，「不急，我們等你們換衣服一塊走。」

雪堆積有五吋高，走起路來像踩在鬆軟的棉花糖裡，有不著底的迷離，那種虛空，就像心裡七上八下的忐忑，黃大仙應該不會介意我去朝拜西洋的大仙吧？既然妹妹都能改信的這麼虔誠，基督大仙應該也跟黃大仙一樣好吧？可惜妹妹說信了基督大仙，就不能拜其他的神佛。

張莉跟阿昌一前一後，走得戰戰兢兢，像是踩到別人的領土，有些心虛，原地踏了幾步，踩實了，心才踏實。妹妹在前頭領著，一隻手牽緊張莉的手臂，怕她走不穩，又像是怕她回心轉意似的。張莉腳越走越寒，開始有了舉步維艱的沉重，接下來竟然麻木沒了知覺，她心頭懊惱是不是黃大仙不高興了。

張莉跟先生阿昌在妹妹的小單位公寓，過了快兩個月悠忽的日子，看妹夫勤奮地在父母經營的餐館進貨算帳，對妹妹細心的照顧，張莉慢慢放下了心裡的擔憂。心情輕鬆，食慾也跟著高漲，又碰上從北極吹下來的寒流，外頭積了好幾寸的厚雪，無法自由地外出走動，只好在廚房煲湯進補，一來消磨時間，又可增加禦寒的熱量，身形卻在不自覺中被撐大了。

紐約籠罩在暴風雪中。從南方熱帶氣候來訪的張莉，怎麼穿都不對，出門時，即使立起領子，縮著脖子，遠看就像隻烏龜，不停地呼氣打哆嗦，還是冷的腳底發麻；進了室內，暖氣烤得人乾燥流鼻血，套頭毛衣燜的脖子、耳下發痱子。一冷一熱來回幾日後，張莉害了傷風感冒，頭疼嗜睡，冬天才開始，她就水土不服，還乾燥的全身發癢，萌生了提早回國的念頭。

機票是透過轉角的華人旅行社買的。電話改票，張莉怕聽到總機一連串又長又快的英文，東一個指令按1，西一個指令按2，像是匍匐前進在一個不知去向的甬道，沒聽清，按錯鍵，人就會從機關直墜無底洞。張莉想得心慌，乾脆用大包巾把鼻子嘴巴都蒙了，露出一雙眼睛，下樓過街，直接上旅行社改票，省事些。

「改回程日期要收美金二百元手續費，不划算，妳家中有急事要回嗎？」張莉摘下罩頭的毛線帽，掀去纏了脖子兩圈的圍巾對票務員說，「看我一副吃飽睡，睡飽吃，又病又冷的衰相，再待下去，回國父母都認不出我了。」櫃台票務員的視線離開了電腦，頂了頂眼鏡，低頭瞥了她的肚子，「妳會不會是懷孕了？」「去去去，我的女兒都六歲了，大陸一胎化，早紮了。」張莉沒好氣的翻了白眼，就是有人分不清是懷孕還是發胖的肚腩，不能分辨已是種笨，還要問出口，愚蠢哪！

張莉想回對方兩句，卻忍了下來，現實地掂量著荷包，阿昌加她兩人改機票就是二百元，反正吃住都在妹妹家，再忍忍吧。

當美國人？

張莉在美國仍然跟國內朋友通微信保持聯繫，閨蜜們近年來在國內火熱的經濟飛揚中，升官發財，有些甚至獨當一面，自己做老闆；可惜在外發號司令，回家哭天搶地：老公在外搞二奶。中國像是錢砌起來的，世界最高的大樓、最大的宴會廳、最豪華的精品百貨，人人都向錢看齊，連小孩都買通了，外頭的狐狸精買了幾部遙控車、無人飛機給小孩，小孩就選邊站，說阿姨比媽媽好。好像外遇沒錯，是家庭、工作兩頭燒的媽媽，顧全不了家庭，才是問題的始作俑者。

張莉跟阿昌是青梅竹馬，阿昌留日學電腦，回國後自營公司，做日本的進出口貿易，加上張莉自己在銀行上班，收入算不錯。唯一的女兒晶晶富養，打扮、生活的跟公主一樣，學媽媽燙捲頭髮，眨巴天真的大眼，總挨著父母撒嬌。張莉自己是在銀行上班的小資女，現在又隨阿昌當上老闆娘，是旁人眼中的天之嬌女。張莉卻總是心慌不踏實，貿易飯局多，日本人愛在酒酣耳熱後敲定合約，阿昌常招待日本客戶晚宴、在酒吧轉悠。張莉討厭深夜旁邊爬上一個酒味衝天，醉吐到她都不認識的阿昌。她雖明白，賓主盡歡是做生意的手法，她也擔心，忠厚的老公，遲早會變成她不認識的陌生人。

妹妹提過，要她申請依親移民美國，這裡的生活實在又可靠。張莉不是沒想過這個可能性，只是阿昌跟他英文都不行，來美靠什麼工作賺錢？她想到四姨在超市揀菜的憔悴，截然不同於曾執教鞭當老師的意氣風發，張莉打了個哆嗦。

童年時光

張莉手拿鍋鏟炒飯，小小身子搖上晃下，哄背後吃著奶嘴的小梅不吵鬧。小梅一嚎，大人都呼小莉來，彷彿一歲的小梅是七歲的小莉生的。

張莉擔負了這神聖的使命，她的生彷彿為了照看小梅，小梅是大伯的女兒，一場車禍奪走了大伯跟大伯母的性命，遺下當初托在張莉家倖免於難的小梅。張莉看著小梅翻身、爬行、搖搖欲墜的站了起來，鄰居同齡的小孩在外頭跳格子、跳繩，小莉揹著小梅洗衣煮飯，等著爸媽從冒黑煙的煙囪那頭走回來。爸媽像是張莉夢裡的一團雲霧，朦朦朧朧的，真實的是，回來時都一身疲憊；虛幻的是，小莉辛苦的帶小梅，等不到爸媽一句的稱讚。

以前小莉是爸媽口中的「最棒的」，收養小梅後，她不是升格成姊姊，直接跳級成媽媽，照看小梅成了「必然的」責任。小莉很懂事，她相信父母只是工作太累，不想說話罷了，努力完成父母交代的使命，還是會回到從前「最棒的」歲月。

爸爸是車間的技術人員，常常臥倒在千斤頂下，車身罩住他的日夜，好不容易起身，漆黑的不只天地，他的臉也像地上的一攤油漬，模糊地看不清楚。媽媽則像是桌上的插花，豔麗、有韻味。她是同車間的會計，比起黑手的爸爸，她坐辦公室，有閒在臉上抹胭擦脂。兩人是青梅竹馬，這個鎮是鄉下跟城市的交界，人情濃，誰都認識誰，兩家從小認識，大了，父母媒妁之言，兩人也甘心的結了婚。

爸爸慣常地一進門便進澡間淋浴，刷洗渾身的油漬味，爸爸卻不知，香皂的清香只存在浴室開門的瞬間，家裡滯濁的氣味像他黑手的身分，永遠洗刷不清。爸爸髒兮兮，但有雙巧手，能把靜止罷工的機器恢復轉動。大家尊敬他，這也是媽媽能坐閒差的原因。

媽媽的辦公室旁有行政、人事部門，她看出送往迎來的竅門，在於交際網絡，她幫丈夫多做點關係，希望未來能平步青雲。這些酬酢需要額外的時間打點，像是幫長官夫人接孩子、幫長官晚上的應酬準備解酒藥，這些零瑣的雜事，常常忙到沒能準時下班。好在她生了小莉，早熟懂事，沖奶、換尿布，把小梅顧得好好的。這樣她就有更多的時間經營關係。

小莉揹著小梅，常常透過紗窗看著那頭的煙囪，看著黑煙滾滾不斷的上升，染黑了爸爸的臉，卻白了爸爸的兩鬢，她多期望煙霧後能走出早歸的爸媽。她小小的眼裡看盡了冷暖，外婆看不起爸爸的勞力活，老說鄰家的兒子到金山國淘金，房子、車子、銀子都有了。說得爸爸一臉尷尬，苦笑時擠得鼻子兩頭的法令紋像繩子長的快垂地了；外婆還重男輕女，只願意到舅舅家帶孫子，彷彿小莉跟小梅都不存在。奶奶腿疼，有印象以來，她一直是一跛一跛的。外公及爺爺都在外地工作，男人到外地掙錢，女人帶孩子在家留守，這是廣東台山的傳統，只有沒管道、沒辦法的男人留在村裡。

還有誰能幫忙帶小梅呢？小莉想不出解答，解開揹帶，放下小梅，換了乾淨的尿布，餵她喝奶，小莉邊唱搖藍曲、邊搖小梅，在規律節奏的催眠下，她自己睡著了。

床邊吊掛的電動音樂鈴，旋轉出水晶音樂，上頭掛的猴子、兔子、小狗，搖搖晃晃地蹦跳著，陪伴著咿咿呀呀的小梅。她睜大清澄的雙眼，兩手胡揮亂抓，抓不住旋轉的小動物，卻抓了滿手的空，她笑著看天，天外是她目視不及的世界，白雲、黑煙都跟她沒有關係。

時代廣場——張莉

十一月底，過了感恩節，電台、電視、商店，到處播放聖誕音樂，地鐵站拉胡琴的街頭藝人都改拉〈鈴兒響叮噹〉。音符像寒冬裡羊毛織的圍巾，溫暖，也扎得人心癢癢，連續播了一個月，張莉興奮的像躁鬱症患者，從第一家逛到最後一家，第一件翻到最後一件，跟著商店漫天斗大的Sale，失心狂買。十元、五元，買件美國T恤，大大的馬匹，奔馳在胸前，送給國內的親友，多有面子。

膽子也在音樂聲中唱大了，張莉跟老公阿昌提到時代廣場跨年的主意。這可不是天意？一年三百六十五天，第一次訪美就碰上跨年，汽車、飛機三轉四轉，顛簸了十八小時才到了美國，什麼時候再來都不知道呢，怎能錯過在時代廣場跨年的機會！阿昌受了張莉的鼓噪，比她更亢奮，「一定要擠到最前面，讓鏡頭拍到，我們跟全世界的朋友說新年快樂！」

張莉假想如果裝扮搶眼，就容易被攝影機捕抓，她身穿美國買來的棕色馴鹿的紅底聖誕衣、皮包、首飾，紅的、綠的活像是走動的聖誕樹，從房間走出，和牆上掛的大紅「囍」字，刺繡百子圖，一同現身在擺設檀木沙發的客廳，空氣中散發淡雅的檀香，搭配電視機的央視主播說著字正腔圓的北京話，宣示港珠澳大橋的興建進度，有種穿越古今、不知今夕是何夕的錯亂。

在妹妹家，張莉常有時空倒置的感覺，這裡像中國，而且是民國早期的舊中國，誰家還擺鑲著龍頭的檀木沙發？僅管有大紅的椅墊襯著，硬木就是沒西方的彈簧沙發舒服。像台山老家裡的黃花梨沙發從清朝傳了三代下來，座墊換了又補，剩個硬骨架，坐在上面，總要正襟危坐，成了供在那，中看不中用的老古董。歐式家具引進國內後，柔軟舒適擄獲了民心，在廣東，這種老東西早扔掉了。

妹妹的公婆坐在檀木沙發的主位，兩眼盯著電視，不時斜睨張莉的動向。張莉在餐桌旁的通道走起台步，她的垂吊式耳環、流蘇斜揹包，跟著電視廣告的〈鈴兒響叮噹〉起舞，似乎自己就是一串飛旋的風鈴。

妹妹說，室外冷，入夜更冷，要站這麼久，得全身密實的包緊。聽雜貨店跨過年夜的客人說，要穿 Gore-tex 登山裝備，登山鞋，阻隔冷空氣，做長期抗戰準備。

張莉半信半疑，記憶中電視裡狂歡的民眾，每個都是五顏六色的。

妹夫說，那是現場發的跨年彩色眼鏡、頭飾，今夜會冷到攝氏零下3度，北風一吹，冷感是零下10度，說不定鼻子就應聲掉下來。

阿昌留學日本，儘管回國這麼久，日本冷風刺骨的滋味還新鮮地刮在臉上。打南方來的，哪知道北方的冬跟南方的冬這麼地不一樣，冷得他走在街上，進退兩難，因為腿已經不是他的。而後才知道嚴冬不能穿皮底鞋，皮底透氣，冷風透入會從腳板一路沁入肺腑。

阿昌不忍掃張莉的興，「對對對，冷，人就木木的，打不起精神，我們外面裏件 Gore-tex 保暖，戴頂帽子，用圍巾把口鼻包好，倒數時拿掉就成了。」

坐在沙發上，滾著兩個大圓眼的婆婆叨叨絮絮，「電視機前倒數就好了，妳照樣穿的漂漂亮亮，吹暖氣看得又清楚。紐約什麼都多，扒手，瘋子，上廁所也是問題。人多，一個混亂，都能把人踩死哪！」瞇著細眼的公公也冷冷地補一句：「還有綁炸彈的恐怖分子。」

張莉的台步本來走得抖擻，這下瞬間止步。心想，倆老就是愛憂慮，難怪到紐約這麼久，他們家到時代廣場的距離，跟我們住廣東離紐約的距離是一樣的遠，都是眼前兩尺的電視。

披上妹妹遞過來的 Gore-tex 外套，張莉挽著阿昌的手，穿上雪靴出發了。

聽說下午三點開始交通管制，張莉和阿昌中午就擠進管制區，他們不算早，前頭一堆人像蜜蜂一窩一窩的群聚。警察在入口處設置檢查哨，每個人都得過金屬安檢門及打開包包檢查，隊伍排得很長，但井然有序，警犬四處走動，伸長鼻子聞排隊的民眾，有時警犬停住，在某人身上多聞幾下，鬧哄哄的空氣就凍結了，所有人都盯著警犬瞧，警犬湊近一個年輕男性，在他的褲檔，聞了又聞，大伙屏息，警犬認真的嗅聞後，打了一個大噴涕，拖著鼻涕往前走了，只留年輕人一臉尷尬，眾人則笑得東倒西歪。

過了檢哨站，大家就鬆懈了，喧嘩打鬧，三五成群，交流排隊的心得，也互相幫忙拍照留念。隔壁的四個女生從波士頓開車來，她們說從早餐後就沒喝水了。儘管出門前上過廁所，張莉想到早餐喝了杯豆漿，頓時生起些許尿意。張莉和阿昌手牽得緊緊的，像絞在一起的麻花，就怕衝散，成了跨年撒下的碎紙花，越飛越遠，再找不到離散的源頭。

他們聽周圍的人聊天，並不加入，因為聽得似懂非懂，怕說出的英文，別人聽不懂，又要用破英文解釋，更加麻煩。他們倆自成一組，低聲地用中文聊起天來。

漫長的等待中，阿昌和張莉拉長脖子看，只要有人離開，他們就往前擠，雙人組好移動，不一會兒，他們已經看得到舞台了。

天暗了，旁邊好幾架亮著紅眼的攝影機，將時代廣場跨年排隊的盛況轉播在大樓的電視牆上，阿昌發現電視牆上的背景，離自己不遠，正研究是哪一個攝影機捕捉的鏡頭？他們需要朝哪移動，才能入鏡？

他發現全部的攝影機朝著舞台投去，一群載歌載舞，身著貼身背心、短褲緊得只包得住兩個屁股的的妙齡女郎從舞台兩側魚貫而出，阿昌第一次見識到什麼是九頭身，不管是什麼膚色的女孩，前凸後翹，腿長勻稱。頭上一尺高搖熠的羽毛，高大的像群女神。

此時 Lady Gaga 穿著近透明的水鑽衣登場，明星原來是天成的，她有超級巨星的架式，一出場，讓原本一排迮亮的女神黯然無光。她的眼神勾人，踏著五寸的厚底高跟鞋，又蹦又跳的水平移動，明明對著台下唱，卻像是向著阿昌獨唱。阿昌一下子目眩情迷，一連串的燈光聲效搞得他血脈賁張。

「尿實在憋不住了，都是你啦，一定要擠到最前面，現在四周都是人，怎麼擠出去啊？我看得尿褲子了！」張莉粗聲厲氣的中文在音樂的間奏下才聽得清楚。阿昌一瞬間回到現實，他環顧四周，試圖回想他們從哪個方向進來的，前方綿延不盡的人頭讓他迷惘了。

「尿實在憋不住了，我看得尿褲子了！」「哎呀，我真的憋不住了！」張莉的指責聲越來越小，變成一種哀求，甚至是種哀嚎。阿昌夾緊了張莉的手，找方向準備衝出人群。一個伴舞的金髮老美，重拍了張莉的肩膀，大聲說中文：「從側邊走，走到底就接飯店，跟飯店借廁所吧！」張莉來不及回頭，阿昌像找到救星，一把拉著張莉，往側邊黑布幕後臨時架起的通道走去。阿昌納悶紐約怪事多，連老美都能說中文！

到了飯店大廳，前方無盡的人頭擋住他們的視野，他們又停住了，不知向誰問路。阿昌看到一個白皙的女人捧著鮮花，穿改良紅底鑲藍邊繡花的短旗袍，小步地走過側旁的走道，他衝過去用中文問，廁所在哪？

那女人鮮紅的蔻丹，指向行李房旁邊的方向，清楚的現出廁所的符號。阿昌拖著張莉飛快地跑，張莉撞上手捧鮮花的旗袍女人，一枝花啪地掉在地上，她連道歉都來不及說，阿昌已經拉張莉跑到女廁入口，他也扯開褲頭的腰帶，快速的閃入了男廁。

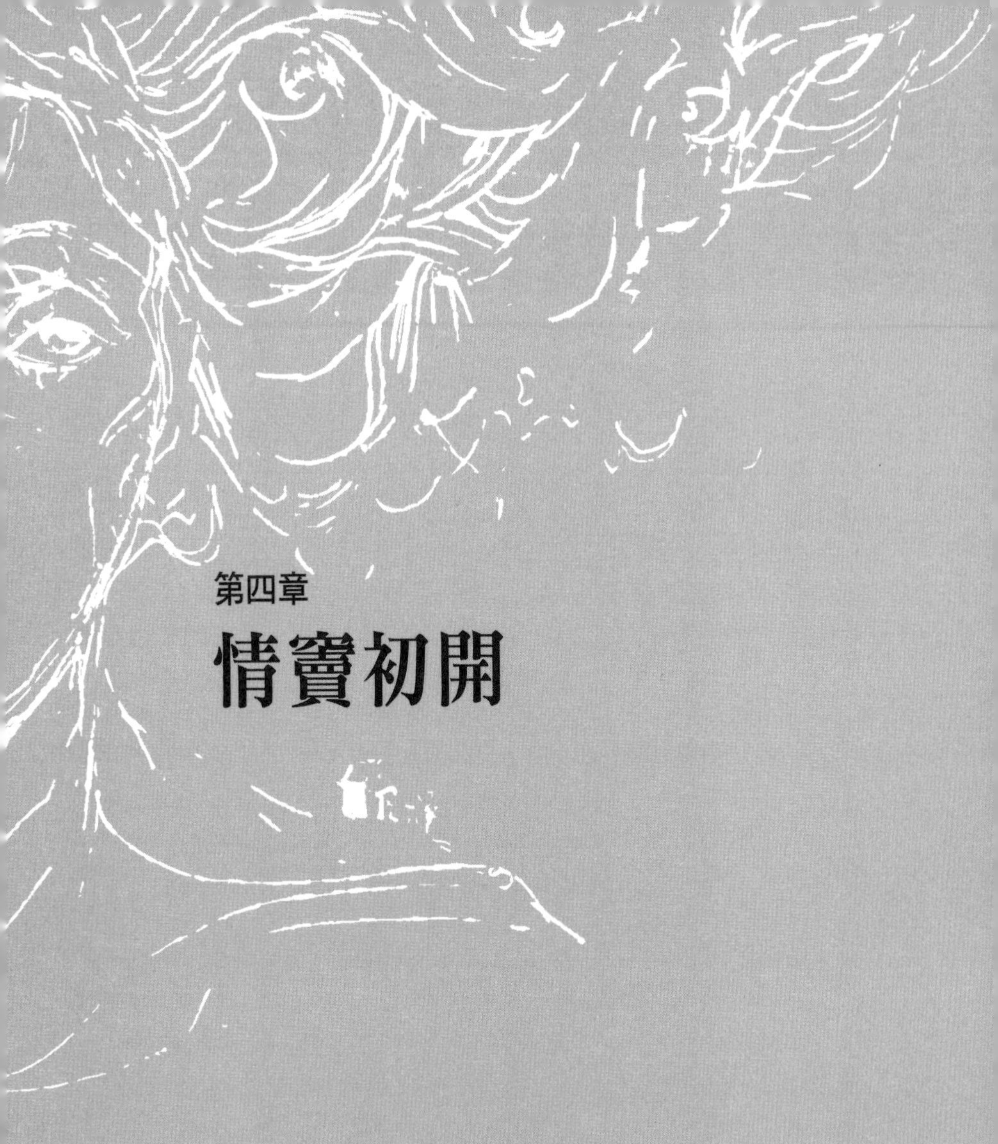

第四章

情竇初開

基督的召喚

王雅芬在繁重的課業壓力下，煩躁的心蠢蠢欲動，她心理好多的疑惑，又不知找誰問、向誰傾吐。兩個月前跟辛蒂和珍到酒樓飲茶後，很少碰上面，她們要畢業了，準備論文報告，一定比王雅芬更忙。爸媽打電話來，總是精神喊話，像卡內基訓練的課程：「妳一定能做到，對自己要有信心。」她像被綁在101大樓上的人質，樓下的父母，不給絲毫安慰，卻要她堅強地爬下來。還有一堆傳教士、電話推銷員不停的來訪、來電，燦爛的笑容、誠懇的說明，她不好意思拒絕，總是聊上好一陣子，才能結束談話。課業越來越重，她已經顧不得禮貌，乾脆來個閉門政策：門不應，電話不接。電鈴響起，她還會緊張的閉氣，深怕別人知道裡面有人，王雅芬越來越沉默，石化成一尊雕像，除了上課，可以幾天不出門，只有系上學姊打電話來，她才接電話。

學姊是真的關心她，總問她要不要出門一起吃飯，介紹新朋友給她認識。她很感激她的好意，可是後面的行程總是接著查經班，她就聯想起大四，常有失聯已久的同學邀約吃飯，她很興奮地赴約，閒話家常後，就會帶她到傳銷會場，聽說明會。周遭所有的人都搖頭擺腦，敬崇演講者所說的一切，她好似小水氣也被吸入整個龍捲風暴中一起旋轉，可是滯悶的空氣，讓她無法呼吸，迴旋不久，就被離心力甩出來。她沒聽完而提早離去，總讓大四的同學很生氣，她納悶，她有求必應的赴約，不知道同學氣什麼？當然很樂意跟學姊吃飯，可是功課這麼重，那有興致、時間去研讀聖經，這比教科書還厚重啊。王雅芬不喜歡衝突，當腦海閃出學姊吹氣瞪眼，氣她吃飽飯，提早離開聖經班的模樣，就令人發顫，於是她再次拒絕了學姊的邀請，寧願一個人到中國餐館，點一份揚州炒飯，窩在角落裡、或是面對鏡裡的自己慢慢地吃，也不要和一群不認識的教友打交道。

王雅芬打開冰箱，冷凍水餃一包、炸雞一盒、半盒雞蛋及桌上幾包的日式泡麵。她厭惡了日復一日地草率的解決三餐，換了便裝，打算上餐館吃一頓豐盛的好料。漫步在往中國餐館的路上，她想著所有愛吃的料理：三杯雞、乾煎鯧魚、炒蛤蜊、香菇燉雞湯。

「妳是C大的學生嗎？我也是C大的學生，去年畢業，剛搬過來，想找家好吃的中國餐館，妳能幫我推薦嗎？」王雅芬聽到一口流利的英文，側身看，卻是一個黑得發亮的黑人，身高超過一米八五，穿著藍色牛津襯衫、卡其長褲，禮貌地等著王雅芬的回應。王雅芬一開始被他的巨人體形及黑皮膚嚇到，而後聽他彬彬有禮的談吐及同為校友的關係，鬆懈了心防，邊走邊聊了起來。他叫Vincent，是南非的留學生，拿到全額獎學金進入C大的財金系，畢業後進入華爾街，在世界銀行工作。王雅芬簡單介紹了自己，我也是C大的學生，正要去台灣老闆開的中國餐館，你可以一道走。

黑馬王子

王雅芬坐在長條桌旁，聽Vincent談莎士比亞，分析美國經濟、失業率，及金融投資方向，她一句話都插不上。懂得不夠多的英文字彙有關係，更關鍵的是，她原來就不關心英國文學，更別提美國的國勢及民生問題。只是老天眷顧她，給她好考運，考什麼中什麼，只要照背她能滴字不漏，課堂要發表見解，她就低頭廻避。

Vincent講話時，昂首挺胸，與王雅芬同棟樓的室友珍和辛蒂眼神多所接觸，有時拋媚眼給王雅芬，展現無比的自信。王雅芬不避諱Vincent的眼神，仰望他如神祇，敬畏他的全知，感謝Vincent把她從盲然的留學生活中解救出來，告訴她現在該做什麼，下一步又該做什麼。他提出的要求，她都會照辦，像服從父親一樣。

Vincent 給了王小芬人生的溫度，王小芬不再感覺是孤單的獨生女，除了獨處，跟學姐出去吃飯，她有了第三種選擇。Vincent 有種領袖氣質，說話像南非總統曼德拉，也像導師，王小芬只要亦步亦趨，人生就不怕迷失。

其實，王雅芬跟 Vincent 成為男女朋友後，一直生活在矛盾中。王雅芬很怕華人圈知道她交了男友，而且是黑人男友，會傳到爸媽的耳裡，都躲起來約會。可是交往不到一週，Vincent 就要求到她家，見她的朋友圈，好像察覺到自己被藏起來。王雅芬對自己的不誠實感到羞愧，也被 Vincent 說服，約了住同大樓的室友珍跟辛蒂，在校外的簡餐店碰面，說要介紹認識一個學長。王雅芬有信心她們聽了 Vincent 博學多聞的談吐，一定會退除對黑人的成見，對他刮目相看。

她現在仰望的 Vincent，隨著他談話的廣度，越變越巨大。王雅芬將定住 Vincent 的眼神轉到珍的身上，王雅芬覺得，珍跟辛蒂聽 Vincent 說了這麼久的天下大事，也會改觀，恐怕還羨慕我的幸運呢。珍聽得目不轉睛，辛蒂則是目瞪口呆，王雅芬對她倆詫異的反應感到興奮，至少她拉到兩票，不用繼續恐懼地和 Vincent 蜷縮在暗夜中。

中午聚餐結束，大家分頭趕上課，王雅芬是下午四點的課還早，先陪 Vincent 到地鐵站搭車上班，她再去趕課。課後晚上在學校圖書館有個小組討論，王雅芬把手機關掉，專心討論。再開機時已經有五通留言、五通簡訊，都是Vincent打的，王雅芬知道Vincent非常在乎她，想知道她在那裡，才打的那麼頻繁。

才回到家，電鈴響起，她透過門上的小圓孔，看到珍跟辛蒂，她開門讓她們進來，珍跟辛蒂忸怩地看著彼此，卻說不出一句話。王雅芬大概猜出她們的來意，跟Vincent有關嗎？辛蒂點頭，我大學主修英國文學，Vincent今天談的莎士比亞，錯誤連篇。珍也說，我剛上網確認過，世界銀行只向第三世界的國家放款借貸，沒有對個人或公司行號開放借貸，他卻說可以幫我們開帳戶理財，我們真的覺得他很可疑，妳要小心點。珍跟辛蒂臉上原本滿布的烏雲，跟著說出口的話一起消散，她們將沉重的問號留給王雅芬後離去，送行時，王雅芬能感受到她們身影的輕快，自己則是頭重腳輕，反覆思索她們話中的含意。

「什麼時候回來的？」Vincent包著浴巾從浴室走出，王雅芬才放下掛在肩上的書袋及鑰匙，心想一切都太遲了。

Vincent和王雅芬這對情侶，像是大鷹獵到羽翼未豐的雛鳥，迎風把玩她的天真，等玩得沒氣息後再生吞下肚；而雛鳥雖懼怕尖爪利齒的大鷹，又緊抓牠不放，怕放掉後摔得粉碎。

Vincent 的大男人主導了王雅芬的生活圈，王雅芬的社交網又被不認同他們交往的朋友孤立，反而加密了她跟 Vincent 的寄生關係。Vincent 看出大家對他的不友善，嚴厲批評王雅芬身旁所有的朋友，控管她的外出，王雅芬的社交圈漸漸地只剩回家的單行道。王雅芬要應付繁重的課業，又要關照 Vincent 被朋友排擠的心情，長期以往，從開始的如膠似漆轉成焦躁不安。

課堂上沒人注意到王雅芬的轉變，只有凱莉娜留意到，王雅芬不像以往會主動說嗨，常常像幽靈般從凱莉娜面前飄過。

「最近忙什麼？」王雅芬被凱莉娜一把攔下，手上的書沒拿穩，全摔到地上。凱莉娜抱歉地幫王雅芬一一撿起，恍惚中的王雅芬被砸腳的痛打醒。

王雅芬像見到浮木，抓著她，想靠在凱莉娜的身上大哭一場，好久好久，她活在藏頭藏尾的暗影中，不是躲室友，就是向父母撒謊，她活得好累。

凱莉娜將撿起的書交到王雅芬的手上，拉著她，一起吃中飯吧？有一家加勒比海餐廳新開幕，我有折價券。木然的王雅芬被凱莉娜牽魂似的拉到這家餐廳。

凱莉娜挑了靠窗的位子坐下，王雅芬背光側身入坐，皺起眉雙手遮眼，她透過搭起的手簷，看到凱莉娜的五官被太陽的金光灑得自信明亮，像座居高臨下的勝利女神像。王雅芬欽羨凱莉娜，想借取她身上的鋒芒鼓舞自己，於是將背光的身體，轉向陽光，她的確需要刺麻的日照，感受戶外的刺激。她再不能騙自己，Vincent 掛在家中梵谷的太陽不會發光。

凱莉娜一坐下就點一杯 Mohito 調酒，妳也一杯吧，為我逝去的戀情喝一杯。凱莉娜說得那麼平靜，王雅芬看不出她是真悲傷，還是藉口喝酒？

凱莉娜問王雅芬，妳有男朋友嗎？王雅芬不知如何開口，凱莉娜就繼續說下去了：我有一個男朋友，在小聯盟打球，四處比賽，一個月見一次面，我們聚少離多，每次見面，都像球跟棒交會擊出全壘打的狂喜；每到分別，我又痛苦地揮棒看他飛得不見蹤影。他的周遭充滿著熱情的女球迷，我又不能克制猜忌他會拈花捻草，周而復始的過這種生活，我痛苦極了。他總說再打兩年，就退休結婚，問題我有幾個兩年可以給他？我的女性朋友笑我，沒求婚戒指，就說再見，結果他真的跟我說再見。

凱莉娜說完後哭得淅瀝嘩啦，桌上的餐巾紙，全成了一坨坨的鼻涕及眼淚。王雅芬羨慕凱莉娜的率真，她至少忠於自己的感覺，捍衛自己的青春。我呢，連心中的情慾都羞於啟齒，還能為自己辯護什麼呢？王雅芬的眼前一片模糊，她到櫃台拿了一疊餐紙，遞給凱莉娜，也擦掉了自己的淚眼。

上菜時，凱莉娜的情緒已趨於平穩，她問王雅芬，妳可不可以介紹台灣來的男朋友給我？我已經受夠拉丁人的甜言蜜語，聽說亞洲男人愛家負責，雖然有點呆板，可是我要的是承諾。

王雅芬被凱莉娜認真的神態搞得啼笑皆非，卻也鼓起勇氣：如果妳能幫我解決我跟我男朋友的問題，我就幫妳介紹。

凱莉娜開心的摟著王雅芬喝乾 Mohito，瞬間，她成了空酒杯掛著的翠綠薄荷葉，生意盎然。鄰桌的酒客遺留幾個空杯，杯緣爬滿一叢叢的薄荷，或著掛著鮮紅的櫻桃，像是活動的酒單，誘人再喝一杯。新的酒客湧入，服務生匆匆收拾桌子，收掉喝過的酒杯，胡亂地擺放在廚房待洗的碗籃。此時酒保躡手躡腳地走進廚房，撿起髒酒杯上二枝薄荷葉，湊近聞，滿意那新鮮的薄荷味，插在新調的 Mohito，招手讓服務生送了出去。翠綠的薄荷葉，生生不息地開放在滿了又乾、乾了又滿的 Mohito 酒杯，重新回到一輪又一輪茂盛青春的男女間。

借住

凱莉娜上課不看著台上說得眉飛色舞，綁馬尾的年輕教授。儘管他將講台當舞台，從左走到右，還將一手豎在耳旁，一手拿著麥克風向著台下，要學生們回答提問，像賈斯汀開演唱會般的熱鬧。然而，王雅芬腫脹雙眼旁若隱若現的瘀青，像一層薄黑紗朦朧住凱莉娜的目光，她不能想像，像王雅芬這麼柔順的女孩，誰捨得揮拳相向？王雅芬純真善良的世界是不是也被這一拳給擊垮了？

王雅芬晚上和 Vincent 在家看電視，電鈴響，她出來應門，從門上的小孔外望出去，拉行李箱的凱莉娜站著左右踱步。門一開，凱莉娜逕往內走，「我跟男朋友分手，搬出來，暫住你家一週，我好找房子。」凱莉娜一屁股坐在三人座的沙發上，像團脫了絮的棉花。「沙發不會太軟，我睡沙發就好了。」說完緊抱沙發上的抱枕，將臉埋在狀似軟心糖的抱枕下，躺了下來。在客廳的 Vincent，顯然不知如何面對這位擅闖空間、不預期的訪客，眼光來回巡梭在王雅芬與凱莉娜之間，尋求王雅芬來解答。凱莉娜將行李箱拉到腳邊，「我剛失戀，你們忍幾天，別在我面前太親熱。」接下來，竟嚎哭了起來。王雅芬這才從怔憧中回神，想起大門還沒關，趕緊帶上門，大步走過來安慰凱莉娜。在電視警匪片的槍擊畫面下，二個女人的交談像是子彈音效咻咻作響，只見 Vincent 的身影已遁入臥房，縮成一道幽黑的門縫。

凱莉娜下了課，就拉王雅芬到朋友家串門子。凱莉娜帶她穿過大街小巷，沿街忙著和熟識的朋友打招呼，凱莉娜是波多黎各人，說得是西班牙語，王雅芬什麼都聽不懂，當凱莉娜叫她的名字時，她卻能配合的揮手和大家示意，雖然聽不懂，但聽到他們口中來回滾動的捲舌音，彷彿從空中擦出無數的小漆彈，火光滿天，冷寂的空氣都熱鬧了起來。王雅芬感受到拉丁民族的熱情，但人們從頭到腳打量她的眼神，也像是強迫她參加巴西嘉年華會，非得換穿比基尼泳裝的粗暴，也像是狐疑的問她：妳是從藝妓的和服、或是青樓旗袍下走出來的女人嗎？

凱莉娜帶她轉入一棟轉角的房子，前廊的草皮上有瓢蟲及蜜蜂組合成的風車，被風吹動，紅色斑點、黃色條紋，張合翅膀一開一閉，吸住王雅芬的目光。凱莉娜推門入內，王雅芬沒注意到門口躺椅伸出的長腳，被跘了一跤，直接用撲的進入屋內，一把抱住凱莉娜的朋友瑪麗蓮。屋內的瑪莉蓮沒預期訪客王雅芬會這麼熱情，順勢貼頰左右各給她一個吻；王雅芬意外栽進瑪莉蓮的懷中，來不及掙脫四面埋伏的擁吻，狼狽中才挺直腰身站起來。

屋內的光全被厚重的窗簾擋在屋外，窗台上點了一排蠟燭，有氣無力的搖晃著，王雅芬感覺被搖曳風燭的火光吹進一個水晶球裡；一個占卜的星相世界。

王雅芬從小埋頭在發螢光的桌燈下看書長大，對蠟燭的印象，還停留在停電點蠟燭的恐懼。現在周遭圍了一圈淚滴蠟燭，她除了恐懼，還有一種上祭壇的惶恐，她記得讀過馬雅、印加古文明的歷史，他們就是這樣祭天的，不知自己算是主動獻祭的神聖戰士，還是被祭的戰俘？波多黎各應該就是馬雅或印加古文明的後代吧？瑪莉蓮搓洗手上的紙牌，上下左右、淅淅簌簌像要把惡運都搓揉掉，最後將紙牌推展成扇狀，要王雅芬抽一張牌。

「我們女人沒有男人的時候，要著『痛苦的胸衣』吸引他們；有了他們，又如同穿上『痛苦的囚衣』，情緒受他們牽引。塔羅牌，請指示王雅芬的未來，讓她走出迷霧。」

瑪麗蓮忽高忽低的聲音，牽引蠟燭的火焰忽明忽滅，王雅芬感覺一股神秘力量，其實這股力量一直存在，推動她被動地前進，來美前是無可反抗的父母，現在則是隻混沌未明的怪手。

桌上橘紅色的燭芯搖曳變形，黑色的芯頭領焰燃燒，火越燒越旺，蠟池漫深，燭芯著不了地，只能奮力向上拉，像王雅芬清瘦的身影，細長縹緲，鬼魅似的映現各式撩人的姿態。王雅芬從不明白自己有多重面貌的可塑性，此時，她透過燭芯看到自己的多變，也看到 Vincent 的影響，蠟燭在漆黑的夜快速的燒熔，焰火互長，蠟池的油越漫越深，燭芯眼見就要滅在蠟池中。王雅芬的視野轉回瑪麗蓮，在她手上扇狀的牌形抽出一張牌。

時代廣場——王雅芬

王雅芬氣喘呼呼地跟著凱莉娜上下舞台，Lady Gaga 就在她的眼前，她不可置信地盯視這座由激光、懸浮布幕打造的舞台，差點踩空摔跤。王雅芬今天的身份是伴舞的助理，脖子上掛了一個不是她的工作吊牌，手上拎滿換裝的道具，跟著凱莉娜進入位於紐約時代廣場，ＡＢＣ電視台的跨年舞台。

王雅芬很羨慕凱莉娜業餘伴舞的工作，以前父母口中蔑視的康樂歌舞團，能站在鎂光燈聚焦的舞台，跟世界超級巨星同台跨年，怎麼會是父母口中的難登大雅之堂？當初王雅芬只是隨口問，「真希望自己也能在跨年的現場」——那是她小時候的夢想，每年歲末在電視上看到的場景，紐約的水晶大蘋果在倒數聲中迸裂，灑下五彩的紙片，喜悅的群眾擁抱周遭的人，互道 Happy New Year。

然而就這麼簡單，沒有任何交換條件，凱莉娜就兌現了王雅芬夢寐以求的願望。王雅芬到現在還不能相信有這樣輕鬆的事實，她從小到大都是以交換條件得到獎賞和禮物，像是考第一名得到一個芭比娃娃，事情真會這麼簡單嗎？或許後面還有沒說出的詭計呢？

誰管呢，現在她可真實地站在時代廣場，反正凱莉娜把她打扮地像布蘭妮，濃裝金髮的，沒人認得她，王雅芬打算將計就計，在年末換新面孔、新身份過癮。舞群身上都裹著厚大衣，外衣一脫，就是袒胸露背的貼身舞衣。戶外零下三度的低溫，得靠不停歇的載歌熱舞，才不感覺冰冷。王雅芬手上扛著舞群的厚外套，靠在舞台的階梯旁，隨著熱門舞曲，搖擺著身子，和台上的 Lady Gaga 搖滾共舞。

凱莉娜本來在舞台的左後方，隨著舞群快速的變化，已經站上舞台的前端。凱莉娜頭頂一尺高的羽毛彩冠，打扮成巴西的森巴女郎，臀舞乳浪的快步扭擺，扭到王雅芬的眼前，還不忘拋媚眼、送飛吻。王雅芬感染了凱莉娜的熱情，奮力地跟上電子舞曲的詭音，學著跟舞群抖動搖擺，今天的王雅芬是伴舞的助理，說來，也是舞群的一份子呢。

在歌手接力換場的空檔，王雅芬聽到英語環境中，冒出一長串劍拔弩張，粗聲厲氣的中文：「尿實在憋不住了，都是你啦，一定要擠到最前面，現在四周都是人，怎麼擠出去啊？我看得尿褲子了！」一對從頭到腳被毛帽、圍巾包得密實，只從瞳孔裡可看出是中國的情侶，正為怎麼擠出去發愁。

王雅芬猶豫要不要開口指點他們，從側邊工作便道，抄捷徑去公廁，還是乾脆裝作沒聽見？反正王雅芬頂著濃妝，誰也不會發現她是中國人，沒人會指責她華人不幫華人。再說她是凱莉娜夾帶進來的，若是因此被發現，不就害了凱莉娜？王雅芬內心交戰著。

「哎呀，我真的憋不住了！」王雅芬忍不住瞧了那個中國女人一眼，看她憋的身子緊縮，微微發顫。王雅芬沒想到自己的憐憫心跑得比理智還快，她拍了女人的肩膀，大聲說中文：「從側邊走，走到底就接飯店，跟飯店借廁所吧！」。王雅芬為了掩飾她的指點捷徑，不添凱莉娜的麻煩，她反方向慢跑到後台，一副跟後台舞群喊話的樣子。在她遞上一件一件的外套，給剛下台的舞者禦寒時，王雅芬發現，自己手的溫度並沒有輸給大汗淋漓的舞群。只有她知道，這滾燙是從脹紅的臉一路延伸到掌心的。

王雅芬希望自己的善意，能幫助這對中國的情侶順利找到廁所，她好奇的移動到舞台後方的高台，偷偷盯著這對情侶快步走入飯店，看到他們像熱鍋上的螞蟻，在浩瀚的大廳四處張望打轉，卻找不到方向。倏然，他倆像看到了一線生機，如即將被烹煮的青蛙奮力一跳，朝一個皮膚白皙，穿改良紅底繡花短旗袍，捧著鮮花的亞洲女人落定。那女人用鮮紅的蔻丹，指向行李房旁邊的方向，清楚的現出廁所的符號。情侶像快閃的光影，快步前進，沒入大廳洶湧的人潮中。

第五章

相見恨晚的閨密

義賣

張莉跟阿昌在跨年的時代廣場上完廁所後，踱步在飯店的大堂，看到櫃檯販售馬卡龍禮盒，上面綁著大紅的緞帶掛著"Happy New Year 2015"鈴鐺吊飾，她拉著阿昌去湊熱鬧。張莉很喜歡馬卡龍粉紅、嫩黃、粉紫的夢幻色彩及帶黏牙的口感，阿昌卻說這麼小顆的法國餅乾，憑什麼一個賣三元？張莉指著海報，這裡義賣的禮盒六個一組，只賣八元，所得全數捐給住在庇護所的老弱婦孺。

在美國，新年的喜悅是公眾的，溫情四處流動。雖是寒冬，新年的氣氛烤得大家暖呼呼的，互相祝福、擁抱。張莉也加入結帳的行列，她想希爾頓是名牌飯店，買了禮盒送禮派頭，又做善事幫人，雖然離牧師說要將收入的十分之一捐出還有點遠，也算是新年新的開始。張莉拿了四盒，排長隊等結帳，透過冗長隊伍轉折的缺口，她看到前方展示區旁，堆積如山待售的馬卡龍禮盒，被捆成一束束的火柴棒圍成一顆大愛心。入夜多時，張莉排隊打瞌睡，揉了揉眼睛，彷彿看到光著腳、賣火柴的小女孩跌坐在中間，冷的打哆嗦，她轉身又多拿了三盒。

張莉浸淫在美國社會慈善助人的氣氛中，報名了教會義工，奉獻心力。她張望了地上堆滿的傢俱、生活用品，嚇了一大跳，這真的只是一個家庭的傢私嗎？

上次牧師在禮拜時宣佈，將為一位罹患乳癌的姊妹籌辦搬家拍賣會，幫助籌措返台治療的醫藥費。張莉雖然不認識她，聽到教友們牽手圍成大圓圈齊聲為她禱告，祈禱聲迴盪在諾大的教堂裡，久久不散，她頓時起了一身的雞皮疙瘩，感受到一股力量，可能就是妹妹常說的「聖靈」正傾聽他們的懇求，為此，她感動莫名，眼淚就掉了下來，她立刻報名加入義工徵召的行列，幫忙為拍賣品作分類。

張莉是第一次當義工，在中國，人人都忙著力爭上游，不提防別人就好了，那有時間幫別人？這次，不是上頭派任務，她是由衷地想幫人。

在教堂後方的活動中心，地上堆滿了家具、書籍、衣物等日用品，張莉好奇到底要多少時間，才能累積這滿山滿谷的東西？一張矮小的書桌上，印有注音符號表，這些符號看起來像日文，印刷字體旁，還有小孩子的塗鴉。張莉仔細看，是個穿裙子的小女孩牽隻狗在草原上散步，左手邊還看到兩個大人，手上抱著嬰兒，應該是爸爸媽媽跟剛出生的寶寶吧。這幅和樂的全家福，不知道是多久前的寫照？這張原木的小書桌前，坐的又是幾歲的小姊姊？忽然要送走陪了她畫畫、勞作、做功課這麼久的小桌子，飛回台灣，她知道發生什麼事了嗎？張莉不禁想起遇刺的甘迺迪總統的三歲小兒子，舉手跟爸爸棺木敬禮天真無邪的景象。

聽說這對台灣夫妻年紀三十來歲，相當也是張莉的年紀，張莉不由得打了冷顫。他們來美國很久，孩子都生了兩個，綠卡還是辦不下來。沒保險在美國生病，簡直是對病人及家人的凌遲，一次門診就要幾百美金，更別說化療上千上萬的費用，病沒惡化，人都嚇死了。回台灣總是自己的家鄉，聽說台灣有全民的健康保險，你的病，有全民、政府當後盾扛，錢先不愁，旁邊有親人幫忙帶孩子，先生也能安心上班，陪太太治病。然而張莉還是疑惑，美國不是空氣好，淨水綠地，怎麼也生癌呢？總以為空汙、食安問題嚴重的中國，才是癌症的好發區呢。

一身雪紡白紗的李靜向張莉擁抱後問好，招呼她繞到南邊去分類。李靜是教會裡年長些的姊妹，五官白淨，過於清秀的長相顯出些距離感，張莉第一次上教會時，並不敢靠近她，李靜主動趨前問好，問她在美國吃得習慣，穿得暖嗎？張莉正煩惱晚上妹妹家暖氣開得不足，常常半夜冷醒，又不知如何是好，李靜的一問，可問到張莉的心坎裡。張莉一驚，瞬間紅了眼，卻彆扭的說還可以，小聲嘀咕了一句，就是冷了些。李靜說她有電毯，晚點給張莉送過去。被李靜的溫柔貼心關注後，張莉本來對拍賣品的注意力全轉到李靜的身上，她觀察李靜說話，跟她的外貌一樣，乾淨不多話，她多半時間當聆聽者，真誠的看著你，常一個勁猛點頭，似能體會說話人的苦與愁。張莉甚至覺得李靜帶些神通，會讀她的心，這種從天而降的關懷，讓她感到不可思議，這不是菩薩化身是什麼呢？張莉在教會裡感覺到神蹟。

從小背負照顧家、照顧小梅責任的張莉，進了阿昌家，擔起了照顧婆家、幫阿昌張羅新公司，又馬上懷了晶晶，還經常往來娘家，照看父母及小梅。嫁掉了小梅，看似擔子減輕，但張莉的日曆撕得比別人快，她已經開始擔心小梅不適應海外的生活，會單獨一人面對未知的環境。

張莉總是想別人的苦，按摩師看她上門，眉頭皺得緊，總戲謔她肩背硬如龜殼，按她一個抵兩個客人啊。張莉習慣扛著別人的難，扛久也沒感覺了，或許殼還是武裝，沒了殼，軟弱的自尊就現形，她寧可揹著當盾甲，也不示弱。李靜對張莉的撫慰像她說話的聲音那麼的輕柔，像張莉一直渴望的母愛，一向剛硬的她，不意瞬間溼了眼眶。

這次義賣，響應的人非常踴躍，除了這位罹癌姊妹的家當外，外界也捐了很多物資義賣，張莉在分類中看到國內都絕版的整套中文幼兒版的百科全書。她訝異美國的華人還是惦記中文的，中國都不好找了，海外哪裡弄來的全套？她開心自己在國內遍尋不著，倒在美國撿了漏，又可以買東西幫助人。張莉原本看了滿山滿谷的物品，憂心分類不完的壓迫感全沒了，她輕盈地穿梭在雜貨之間，一件件分類編號，她知道，這些不用的物資，被她整理過，會是下個持有人的寶貝，而得乳癌姊妹的全家人，也有機票錢回台灣治病了。

遠端收銀處大排長龍，一位頭髮斑白的男士拿著裝滿物品的紙箱等結帳，收銀一件件拿起唱名收錢，男童衣服三件、童書一套六本、玩偶兩個……神聖地像村委會選舉，一項一項的唱名開票。他拿出一百元嚷著，「今天大豐收，不用找了，零錢全部捐出！」現場響起一片掌聲。

送暖

張莉蓋上李靜送的電毯，身體暖和多了，看著電毯旁延伸出來的電線，還是害怕，不知道會不會漏電，睡熟了成焦屍一具？張莉要半夜起床上廁所的老公，順便把電毯插頭拔掉，才能安心。但先生幾次忘了，也沒出問題。或許這就是妹妹說的，美國品管嚴格，不達標準是上不了架的。張莉對於這種說法剛開始很難接受，同一家中國的製造商，難道會自找麻煩的搞兩套標準，交不同的產品給國內及美國人？漸漸地，才知道真是妹妹說的，同樣是毛巾廠，有出口外銷品，也有內銷品，她發覺美國的毛巾的確比較柔軟緊密，耐擦耐洗。

張莉的先生阿昌，漸漸不耐美國生活枯燥、語言不通，跟愛上美國的張莉，對此地有全然不同的感受。張莉說這裡的空氣、水是清甜的，路樹的花開得枝頭壓冠；不像國內空氣裡帶顆粒，呼吸都感摩擦，人都吸不飽氣，路花當然開得營養不良。阿昌雖同意張莉，但他自比是路花，在家鄉雖開得小，但紮紮實實的，移到外地，枝幹先要存活，才能談開花繁衍一事。

張莉和阿昌的觀光簽證到期回到廣東，張莉認真的考慮辦美國依親移民，移民顧問公司說，依親妹妹的移民排期最快也要等三年。因此，她乾脆跟公司辭職，申請觀光簽證，隻身再往美國探視妹妹，注意其他投資、技術移民的可能性。

沒了先生阿昌的陪伴，一個人的床特別的冷，每回蓋上李靜的電毯，張莉都不由得想起李靜，想起李靜跟她分享的育兒經。李靜有兩個小孩，大的美美已經念中學了，小的Jeff還在幼兒園，張莉起初在李靜的手機看到姊姊抱弟弟的照片，還以為是媽媽抱小孩呢。這真不能怪張莉錯看，美國的青少女都畫濃妝，看起來就像大人。張莉的小孩晶晶比李靜的 Jeff 大三歲，已經跟著張莉的父母回廣東。要說張莉帶小孩，不如說玩小孩，張莉跟先生是假日父母，平常兩人上班，外公外婆、爺爺奶奶全搶著帶晶晶，他們夫妻只輪得到假日，這樣倒圖個輕鬆，跟沒生孩子前的生活沒兩樣。大陸一胎化，龍子龍女都是寶啊。

張莉一直好奇為什麼李靜隔這麼久又生老二？可是她不敢問，妹妹警告過她，在美國不能問隱私，這份好奇好像快癒合的傷疤，撓得張莉又繃又癢。一回，張莉搭李靜的便車回家，李靜問是否能陪她先到幼兒園接小孩？張莉覺得李靜實在太客氣，搭便車的怎麼能反客為主，連忙說好。

李靜第一次到美國的幼兒園，遠遠的就看到戶外鮮豔的滑溜梯、盪鞦韆、搖搖馬，大門是上鎖的，得按電鈴才能入內。在門口對講機驗證過身分，張莉跟著李靜走，室內第一個房間全是育嬰床，張莉嚇了一跳，這麼小的嬰兒，也上幼兒園？最靠近她的那一床，褓母正換尿布，看起來像剛出生不久的新生兒，這樣的畫面太震撼，中國的嬰兒跟媽媽一起坐月子，怕免疫力不夠感染病毒，足不出戶，美國的嬰兒這麼小就送來公共場合，他們不需要母愛的照顧嗎？她想起農場看到初生的小犢，一隻隻被編號，沒有媽媽的依偎看護，單獨隔離在小犢區，前面掛著奶瓶。這裡跟農場的小犢有什麼兩樣呢？張莉問李靜，為什麼這麼小就送來幼兒園？李靜說，在美國這很正常，媽媽要上班。她鄰居把八天大的嬰兒托嬰，就跑去上班了。張莉疑惑了，講求人權的美國，媽媽復出職場的自我完成，難道會比陪伴無助柔弱的親骨肉更重要？小嬰兒說不出話，不代表沒人權啊。張莉納悶美國媽媽到底是怎麼想的？走到第二間，有一群胖嘟嘟爬的、走路搖搖晃晃的幼兒，各自拿著搖鈴、布偶玩耍，張莉不由得想起她的女兒也曾經有過相撲寶寶的可愛歲月，只是上了小學忽然抽長，脫了奶味，像個女孩了。

張莉忽然被李靜說話高低起伏的音量打醒，跟上前去，見老師跟李靜解釋許久，大意是李靜的兒子 Jeff 尿褲子，老師已換新，交濕衣物給李靜。忽然間，媽咪媽咪聲不斷，衝出一位小男孩，緊緊抱著李靜的大腿，李靜蹲下抱緊親吻他，瞬間景象感人，就像旭日東昇、晨光微曦的聖母圖。張莉被這溫馨的場面震懾住，好一會兒才走近李靜，怎麼發覺她鼻頭紅，眼眶泛淚？李靜轉頭快速抹掉淚水，不好意思的說兒子在家不會尿褲子，怎麼在學校總是濕褲子呢？又看兒子穿了不知哪弄來不合身的大花褲、及他一雙滿是羞愧、驚惶失措的眼神，感覺倒像是自己尿濕褲子呢。

李靜抱Jeff起身，張莉近距離才發現Jeff的輪廓不太像中國人，張莉狐疑，衝口而出，妳嫁外國人？李靜也訝異地看著張莉，彷彿張莉應該知道。

Jeff在後座拿ipad看迪士尼電影，李靜把聲量調大，輕聲地對張莉解釋了這是她的第二段婚姻。先生是來中國洽商的美國人Alex，當初她在蘭州酒店當櫃台，先生住在飯店兩個星期，常尋求她提供資訊及協助，兩人日久生情，一年的長距離戀愛，先生來中國把她及前任婚姻的小孩美美都娶回美國。她從沒想過還會有婚姻，早對愛情死了心。李靜一路扶持前夫創業，多年積蓄加父母給的陪嫁都拿出來當本，前夫卻在她懷孕時跟小秘搞上，夜不歸營，發覺外遇離婚時，已經懷孕七個月，否則一定不會生下美美，讓她出生就沒了爹。

Alex對美美視為己出，要李靜不要再生，連李靜前夫每年要求看女兒，Alex也慷慨出機票陪他們回中國探親。李靜感覺人生像乘雲霄飛車上衝下洗，從一無所有的窮學生變成老闆娘，從老闆娘摔成帶球的棄婦，再從蘭州飛到紐約成了外國人的太太。她感覺一切來的太快太不真實，像場夢，也承擔不起Alex對她母女倆的大度，可是Alex表現出來的就像李靜應得的，讓李靜活的更加的不真實，戰戰兢兢度日。

狠母

李靜總在週末各式的教會聚會中出現，週末幼兒園休假，她一定帶 Jeff 出席，一幅母子天倫圖，羨煞了女兒不在身旁的張莉。有時，教會有搬東西的粗活，桌子、椅子搬上運下，小 Jeff 繞在李靜旁，卻也讓人捏把冷汗。張莉聽說美國文化就是週末假日盡量陪孩子，她也不好多說。

一次，大夥煮送給社區養老院的粥、湯，小 Jeff 在鍋爐旁玩耍，張莉心裡像有一鍋熱水，沸滾的不安寧，最後她忍不住抱起 Jeff，帶往戶外的草地，放他跟年紀相彷的孩子一塊玩。可是，一放下，他就像被彈回的橡皮筋，哭著跑回來找媽媽。

李靜熱心、事多，忙得不可開交，多半時間顧不了 Jeff，就讓 Jeff 自己哭。久了，張莉不再有天倫圖的幻想，雖覺得 Jeff 太黏媽媽，但李靜怎麼有這麼冷血的一面？張莉有時好心會幫忙哄 Jeff，後來看李靜不在乎，她也慢慢漠視 Jeff 的哭聲。然而，Jeff 止不住的哭聲、教會姊妹無意間的眼神交會，讓她為李靜尷尬，李靜怎麼不找老公在家帶小孩？搞得自己手忙腳亂，也讓人懷疑她對 Jeff 冷酷無情，壞了自己大善人的形象。

有次，李靜在家教大家做蘭州拉麵，麵條一條一條的拉著，李靜越甩越帶勁，Jeff 哭聲又來，李靜繼續拉，張莉看著那一條條麵，忽然像一串串眼淚、鼻涕騰空飛起，越拉越急，越拉越細。一位老奶奶看不下去，像是指揮，連連揮手要李靜停下。妳先弄孩子，我們不著急。李靜卻堅持把手上麵條拉完，洗了手，才往遊戲間走。一會兒，李靜空手回來，Jeff 哭聲逐漸變小且裂成像大小不一的疙瘩、斷斷續續。李靜解釋已把他放入臥室，他哭累自然就睡。

雖說李靜嫁了老外，老外帶孩子有自己的規矩——哭不抱、自己睡，難道她真的狠下心遵守？李靜抬頭看了張莉一眼，像是讀出她的心聲，自顧自地說，「事這麼多，做不完，也不能全依 Jeff 的。」回頭又繼續拉她的麵條。張莉心中一悸，李靜怎麼這麼冷血，說得像 Jeff 不是她親生的孩子一樣？

Jeff 跟爸爸 Alex 長得一個模樣，像影印機印出來的。每回有人如此比喻，李靜眼睛就笑瞇了，彷彿讚美自己是造物主。Jeff 沒有中國人的樣子，完全是個老外，連頭髮都是黃的。可是爸爸不喜歡抱 Jeff，總嫌他太吵，對他的感情還沒有美美好。別人看了，總說老外疼女兒，李靜卻覺得奇怪，自己的親骨肉沒感情，倒比較疼流著前夫血脈的美美，李靜不知該喜還憂。

不是只有李靜奇怪，連張莉也看出端倪，孩子是自己的，怎麼有不親的道理？隨著張莉跟李靜越走越近，她忍不住問李靜，李靜的先生是不是不喜歡孩子，假日不願在家帶小孩，讓李靜帶著 Jeff 在外頭跑？李靜說 Alex 也是二婚，自己有兩個孩子都長大結婚了，Alex 很驕傲的說自己曾是奶爸，幫孩子換尿布、餵奶樣樣來。張莉假設 Alex 只疼女兒，問前妻生的都是女兒嗎？李靜說一男、一女。這個假設也不成立，張莉問不出答案，發現李靜跟她一樣陷在謎團中。

張莉只好安慰李靜，或許他平常工作太累，假日想在家好好休息。心裡卻想 Alex 挺自私，誰不想休息？孩子是自己的，責無旁貸啊。「如果 Alex 不想帶孩子，就讓他花錢請褓姆，妳不要成天拖著小孩跑，累壞自己。」張莉對李靜說出肺腑之言。

羈絆

李靜有時會準備午餐，招待住在養老院的耆老，她會請張莉過來幫忙，切菜、備料、看火候，廚房擠著不只鍋爐菜葉，還有女人私密的悄悄話。張莉笑問李靜，情人節到了，電視、街頭到處都是鑽石的促銷，妳老公有沒有送你什麼珠寶啊？李靜說 Alex 不是浪漫的人，嫁給他六年，沒收過情人節禮物。她說得輕鬆，彷彿她還在中國，美國的節日跟她有什麼關係？其實，李靜就快被漫天的情人節廣告吞噬了，剛來時，美語、文化不太熟悉，聽不懂為什麼二月十四日充斥巧克力、鮮花、珠寶的宣傳廣告。現在她反而希望聽不懂，因為感覺像有人持續拍打她的背，問她老公送什麼？不回答都不行。後來她找到一套說詞脫身：「Alex 不是浪漫的人。」在鏡子前演練過幾次，說的流利些，再帶上一抹微笑，就能像現在說的無關緊要了。

她還記得去年情人節。和老公帶美美、Jeff 到餐廳吃飯慶祝，鄰桌的太太們伸出手上的戒指互相炫耀，緊挨的先生們則連連點頭說，這是她應得的。李靜看著太太們幸福的笑容，環抱著爬上爬下的 Jeff，自問這也是她應得的嗎？她用空無一物的手把 Jeff 摟得更緊。

李靜被 Jeff 羈絆住，跟張莉在家聊天是她最放鬆的時刻，任 Jeff 在家亂跑，不用在乎旁人檢視的眼光。或許她多想了，可是出門在外，她總是感覺有好多雙眼睛瞪視她，注意她的一舉一動，在這種恐懼下，她更是挺直腰桿做事，尤其跟前夫離婚後，更加深她的恐懼。這種挺腰聳肩的習慣，沒有因為嫁來美國而消失，反而成為她外型的標記。

李靜喜歡跟張莉聊故鄉，羊肉泡饃、蘭州拉麵、嗆鍋魚，這些先生Alex都不愛。她興致來了會自己揉麵糰，自己做來吃，只是得趕在Alex回來前吃完、洗淨，因為他不喜歡孜然的味道，更厭惡魚腥味。有次李靜中午弄了條嗆鍋魚吃，噴了半罐的芳香劑，到了晚上，還是被剛進門的Alex給念了一頓，「要吃到外頭餐廳吃，不要弄得整屋子都是氣味。」他沒想過，帶著活潑好動的Jeff上餐館，光顧他別亂跑，怎麼會有心情吃呢？吃嗆鍋魚不只是味蕾的享受，更是她解鄉愁的一種方法，談起自己在家獨享滿桌的家鄉菜，卻無人分享的寂寞感，李靜說著眼眶就紅了。

張莉看了也難受，趕緊換話題：美國這麼大，妹妹的婚禮結束後，我跟阿昌隨妹妹的蜜月旅行，去了賭城、大峽谷、洛杉磯。賭城就像是全世界的縮影，巴黎鐵塔、威尼斯河景、埃及金字塔……還有大峽谷的天空玻璃步道，從上往下俯覽，高的嚇破膽，據說是十個自由女神像疊起來的高度呢。你來美國這麼久，去過很多地方吧？告訴我哪裡最好玩。

李靜說兩個月前的美國國慶連假，Alex說要去賓州。我想賓州的費城有自由鐘，也是歷史名城，興奮的前一晚都睡不好，結果車子開了三個小時，沿著山勢爬，Jeff跟美美都暈吐了，才到目的地。觸目所及一片荒野，老遠都看不到一個人。我問這是賓州？他說對啊。怎麼沒房子、沒人？他說就是要遠離市區，才叫度假。我說這比我們甘肅的農村還鄉下啊！李靜又長長的嘆了一口氣，我期待的長假就毀在這鳥不生蛋的荒郊，早知道待在蘭州就好了。張莉本想聊旅遊來緩和李靜的思鄉情愁，沒想到比較下，自己的旅遊倒成了炫耀。張莉懊惱這不意的結果，更氣 Alex 凡事以自我為中心，讓李靜過得這麼委屈。

幻影

張莉明白了李靜的美好婚姻形象是強撐出來的，跟她的四姨一樣，生活在自己的謊言中，謊言像泡泡越吹越多，越吹越大，又不能戳破，內心的苦只能自己吞。她想著不同的女人，遠走他鄉，移民美國，不都是為了嶄新的未來、更好的新生活嗎？四姨不會料到在中國當老師的她，會跑來美國蹲在超市的地板上揀菜；李靜也不會知道 Alex 娶她，是因為李靜又美又溫柔，具備所有東方女人賢慧的特質；當時美美已七歲自立不黏人，娶了李靜就等於娶進對東方女人所有的綺想，還馬上有了現成的天倫圖。Alex 也不要李靜再生，要李靜專心的伺候他，而 Jeff 的出生，破壞了 Alex 近乎全美的牌局，才那麼的不喜歡 Jeff。

張莉在美國的這幾個月，看到了像四姨般新移民者的純真，對美國的憧憬；也看到美國老僑的貪婪，利用新移民的無知，沒有戒心，騙光他們畢生的積蓄，及真摯投入的情感。她不禁為她們抱不平，黃大仙跟耶穌都教我們諸惡莫作，可是祂們還是保護不了善良的我眾，我們能仰望誰呢？難道真如馬克思主義說「宗教是麻醉人民的鴉片？」我們若不主動保衛自己，難道被別人當東亞病夫？

張莉猶豫再三，一次做完周日的禮拜，走出教堂，趁跟李靜同為教堂花園服事的時候，開了口。推草機的聲音大，淹沒了聲浪，差點也淹沒張莉開口的勇氣。對著空中喊了幾次李靜的名字後，張莉的勇氣一股作氣全喊上來：「Alex 也是二婚，自己的公司有大兒子、二女兒進駐，萬一 Alex 意外走了，妳帶著兩個小的，生活費怎麼張羅啊？」

「什麼？」李靜沒聽清楚大聲問。張莉示意她關掉推草機，拉她到教堂後院的涼亭坐下來，又說了一遍。李靜越聽臉色越凝重，僵硬的身子彷彿跟花園裡白色大理石的雕像是一對的。張莉又說，Alex 的遺囑不知怎麼寫？跟繼子繼女打官司爭財產，肯定占不到便宜。李靜一聽，本來緊繃挺直的身軀忽然垂下，像一坨碰碎的土堆，張莉看了心疼，卻也想幫李靜，橫心一口氣說完：「妳要面對現實，多為自己盤算，比方說到他公司占個缺上班，了解他公司的運作及財務狀況，防人之心不可無啊！」張莉望著眼神空洞，未戰先屈的李靜，怕她會不支倒下，過去摟住她的肩膀，鼓勵她說說心裡的想法。李靜久久不出聲。張莉在等候的同時，四處瞄望周遭有沒有人偷看，才發現她們坐在墓園裡。教堂後花園的地板上，竄出低矮的墓碑群，爬著鬱綠的長春藤及佈滿潮濕的青苔。張莉不感害怕，反而怕李靜，怕她承受不了，癱軟倒下。

張莉——聖・派翠克大教堂

張莉受李靜邀請參加義大利鄰居小孩的受洗儀式，李靜說受洗在美國跟結婚一樣是人生重要的時刻，都得穿上禮服。李靜好奇躺著的小嬰兒穿禮服會是什麼模樣呢？等看到嬰兒穿得跟新娘一樣全身白紗，她不禁莞爾，想到中國的指腹為婚，忍不住抬頭張望找穿黑西裝的小男嬰呢。由於儀式全講英文，張莉聽懂的有限，她不像李靜很投入儀式中。

張莉到處張望這所紐約最富盛名的聖・派翠克大教堂，這教堂富麗堂皇，有挑高四層樓的石柱豎立兩側，彩色玻璃窗花掛在兩側的半空中。張莉驚豔完頭頂上的莊嚴，回頭看了剛進來點滿蠟燭的側壇，火光燐燐很有黃大仙廟宇的感覺，她看到有人跪拜在墊上，雙手合十禱告。

張莉想等下也要跪下，問問天主，妹妹說要不要辦依親留在美國？美國的大天、大房、大車，是兒童教育的天堂，可她跟阿昌都不諳英語，到這定居要從頭開始。不過跟阿昌一起打拼，又有妹妹、妹夫在旁協助，應該比四姨、李靜要省心的多。

張莉已經報名教會免費的英文會話班，一周三次，涵蓋讀聽說寫，她上得起勁，美國資源多，福利好，很多都是免費的。賺多花少，實在是一方寶地。課餘她也跟李靜看學區，為晶晶未來的高教先鋪路。

儘管不通英文，張莉成為李靜的軍師後，也慢慢虛實了起來。張莉與李靜迅速建立的好交情在於分享彼此的祕密，張莉曾告訴李靜她的想法，現在也要將祕密告訴天主：隨妹妹依親，將全家變成美國人，留在美國作美夢，買大房，跟李靜作鄰居，一起養小孩，互相扶持。

在國內，張莉什麼都有，如果多了美國公民身份，跟那些成功私企的同學比起來，要更勝一籌啊，畢竟錢買不到公民，她想想不禁得意了起來。想到女兒日後是紐約大學的高材生，先生是美國的企業家，大家都會讚美她有遠見，旺夫旺子，張莉得意的眉開眼笑了。

鐘聲響起

陽光透過寶藍色的圓玻璃窗花灑入聖・派翠克大教堂的聖殿，張莉跪在東隅的角落朝頂上、朝戶外、朝內庭禮拜，雖然陰暗無光，她向黃大仙、天主基督借的火苗，已燃出心頭一把大火。她相信神諭，四姨及李靜捎來的訊息都解讀出意義了，她確信能走出她們的影子。張莉在跪拜時，藉由祈求，也釐清自己的思緒，找到方向，她迫不及待要告訴李靜這個重大決定：留在美國，實踐能光宗耀祖的美國夢。

張莉於是抬頭尋找李靜跟受洗的家庭，視野卻被前方的王雅芬吸引，只見逆光下的王雅芬半睜雙眼，行步艱難的從門檻走下階梯。張莉擔心她會摔倒，想上前扶一把，才看清她不只腳步不穩，心情也不穩，臉上盡是淚滴。

張莉心疼一個在異鄉啜泣的女子，就像四姨或李靜，她知道這條路不好走，就如她在時代廣場內急，不通英文，不知找誰問的苦澀。那是首沉默的歌，想唱卻五音不全，唱不出又得勉力啞唱。張莉很想上前拍拍王雅芬，送個給四姨一樣的擁抱，但她什麼都沒做，任王雅芬朝逆光走，張莉知道她得像四姨或李靜，自己走出條路。

在禮堂前的李靜仍然跟義大利鄰居的家屬們聊天，張莉發現李靜用英文談天時眉宇透出的自信，和受洗的老外家屬站在一起，看起來竟如此的和諧，像是一家人。

此時，教堂一陣騷動，一隻白鴿，趁大門開啟時，和人群一起進入教堂。白鴿找不到去路，拍翅亂飛，先碰石柱，跌撞後又往天井的亮光處飛，彷彿折翼的天使，墜落中尋求最後的光明。而肅穆中做禮拜的群眾，也被這隻不速之客的衝撞，嚇得抱頭閃躲、驚呼，失去秩序。

一陣混亂下，張莉注意到旁邊祭壇上的東方女人，姬，依然閉目祈禱，昂首跪祈，不受干擾，隔絕於群眾的喧鬧中。她側看像一隻火鳥，應該說是浴火鳳凰，潛沉又蓄勢待發的模樣。張莉也羨慕這位沉靜的東方女人，能排除外界干擾，如此沉著、不隨俗浮動，好奇她拜求的會是什麼樣的美國夢呢？

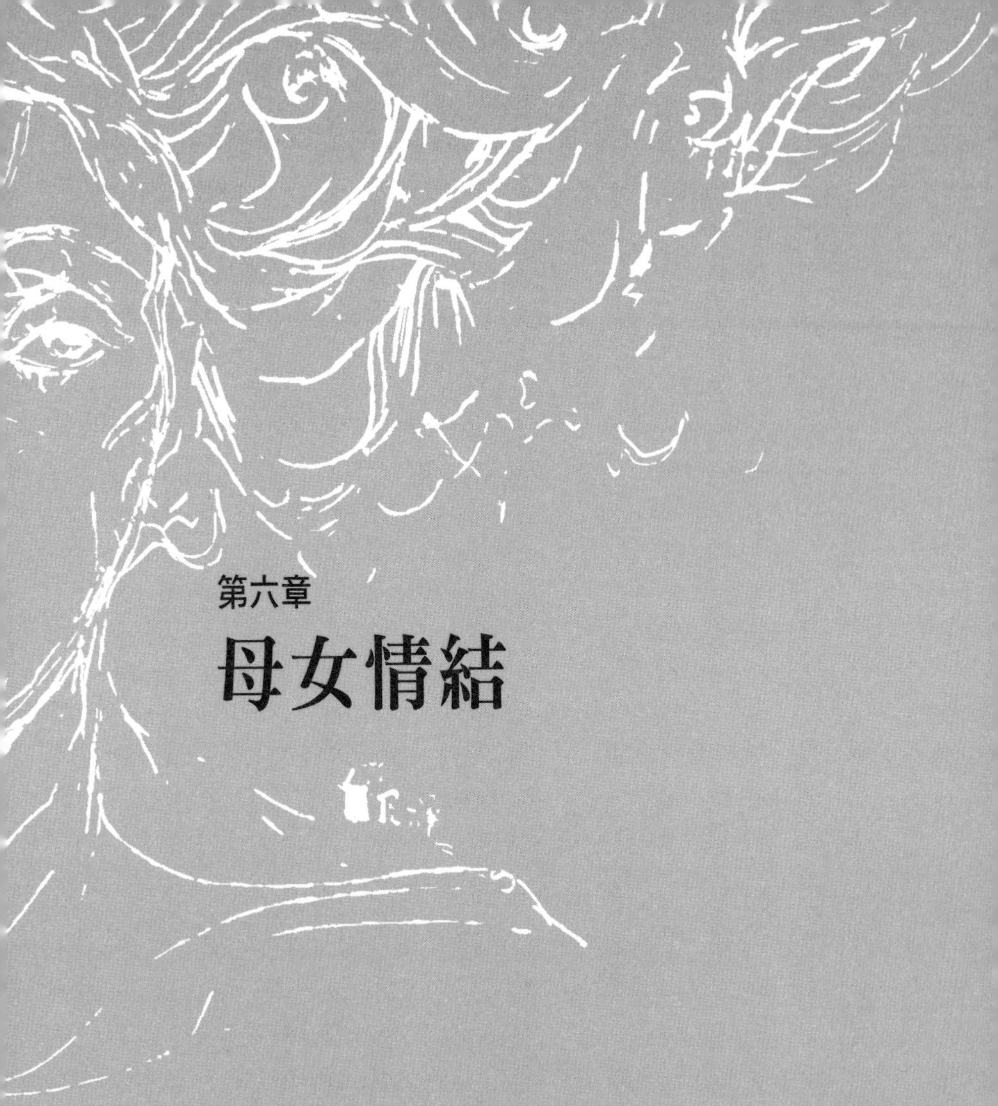

第六章

母女情結

媽媽不見了

姬到處找不到媽媽，手機沒接，家裏電話沒人應答，平常姬嫌媽媽嘮叨，現在媽媽不見了，她又心慌。想想自己挺賤的，是欠人念、喜歡被追蹤的感覺？還是年紀大了，賀爾蒙催出的母愛，開始關心媽媽？姬斜倚在家中的藤椅上，自問自答，她等的發慌，瀏覽起木櫃上的擺飾。

自從姬當了空姐後，陸續將家裏的陳設換成自己喜歡的樣子。以前媽媽學別人，客廳的木櫃上放的都是酒，威士忌、白蘭地、伏特加……姬覺得奇怪，媽媽最痛恨人喝酒，卻擺滿了世界各地的名酒，這豈不跟她痛恨賭博的爸爸，又希望他回來一樣的矛盾嗎？姬當時年紀小，什麼也不敢問，把感覺默默地放在心裡。長大賺錢了，她卯足勁將酒從櫃子汰換掉，補上自世界各地帶回來的紀念品：希臘花崗岩神柱、羅馬的大理石浮雕、法國羅丹銅塑的沉思者、故宮青瓷的天球瓶。她並不急著亂買，已經等了二十年，才開始當家作主，怎麼會計較這幾年？好酒也要耐得住在陰冷的大酒窖長時間的發酵，才能在拍賣場爭得歷史高價。姬知道自己早晚要飛黃騰達，先拿開礙眼的人蔘酒、藥酒，放上複製的藝術紀念品，再塞進幾本歐洲藝術史、法國葡萄酒的文化、世界歷史等百科全書，用書香把酒氣逐出門。她估計在三年內，還要放上馬雅古文明的太陽曆、南極郵戳的明信片、亞馬遜河的划槳，這是她還沒告訴旁人的旅遊計畫。她心裡想的是獨一無二的真跡，不是複製品，嫁入豪門、到拍賣會舉牌競標，像林青霞嫁的先生，讓她隨心所欲的買珠寶，聽說還買下一匹賽馬呢！

這樣幻想盤算著，時針竟然指向九點，媽媽怎麼還沒回來？姬拿起手機又撥電話給媽媽，還是轉入了語音信箱。

姬的媽媽，秋梅早晨定期在公園做運動，今早又發低溫特報，這裡有一票風雨無阻學元極舞的朋友，大家戴口罩、毛帽、圍巾紛紛趕到，攏聚在一起像把大花傘，邊做暖身操、邊抱怨寒流一波接一波。最近這群朋友，迷上健康休閒會館，說可泡溫泉、有水柱按摩、飲料、點心、報紙、雜誌等閱讀區，還有休憩區可小睡，沒事在那可消磨一下午。每回練完舞，歐巴桑就聚在一起吹噓她們的使用經驗，像菜市場小販的叫賣，聲浪把沒參加的人排開，秋梅在浪頭外，只管聽，她向來對花錢的事沒興趣，她認為錢是賺來存的，不是賺來花的。

自從女兒姬當空姐改善家計後，先將租的房子跟房東買下，姬又叫她別托嬰了，鬆口氣享受生活。事實上這也是姬的解脫，姬不想飛回家還得幫媽媽帶小孩，否則童年小孩帶小孩的惡夢永遠無法退去，儘管姬早就成人了，聽到孩子的哭鬧聲，她還是退縮成被媽媽吆喝去泡奶、換尿布的小姊姊。

秋梅已經把托嬰的招牌拆下，但還是零星的接案，趁姬飛出去，到育嬰中心代班，賺錢存起來。她沒讓姬知道，因為姬按月給她「孝親金」，這是姬文謅謅的說法。秋梅認為，女兒養大拿錢回來是應該的，況且嫁出去，不知婆家讓不讓媳婦拿錢回家，還是自己存養老金比較保險。

她最大的樂趣就是存錢，眼看郵局存簿的金額節節上升，她的信心指數也越來越高，說話的聲音跟著越來越大。當她把存簿鎖進抽屜時，訝異怎麼有一張卡片躺在抽屜裡？「天泉休閒會館」跳入她的眼簾，這幾個字念來耳熟，跟晨運朋友常說的休閒會館，像是同一家。她怎麼會有這張卡？她想了又想，終於想起是女兒去年送她的母親節禮物。秋梅當時只注意姬給她的紅包袋，抽走了裡頭白花花的鈔票，這張附帶的會員卡，就被她鎖進抽屜了。當初女兒叫她有空去「素吧」，有養身茶、紫米粥，她以為是最近流行的素食自助餐廳，一個人怎麼敢進去，她心理嘀咕著，就忘了這回事。

秀英在前領著秋梅參觀「天泉休閒會館」，秋梅被大廳門板及天花板的檜木香薰得淘淘然，好像回到小時候在台中東勢山區嬉戲的歲月。中庭挑高，灑下明亮的陽光，不覺身在室內。接待人員著黑色套裝，一勁地鞠躬跟她們倆問好，秋梅有了鄰居秀英壯膽，也學秀英回應好，像秀英抬頭挺胸，撐起貴婦的架式。繞到水療池，秋梅被三尺高打下的水柱震懾，這跟瀑布有什麼兩樣？有錢人的生活真好，連大自然都可以搬到室內，水柱後還有燈光五彩變換，明滅閃爍。秀英拉著秋梅走下水池，先從這開始吧。秋梅為了省水，在家都淋浴，很久沒有泡澡了，以前冬天還跟晨運的朋友去北投泡湯，自從休閒會館成了大家的新寵，很久沒有人找她去泡湯了，原來這就是大家的市內桃源。

歐巴桑的友情

剛開始去休閒會館泡「素吧」（SPA），要向陌生人袒胸露背，秋梅是扭扭捏捏裹著浴巾不肯下池，因為北投泡公共湯，大家都穿泳衣。秀英只好帶她到角落入池，哄她絕對不會看，特別把臉轉向一邊。即使是如此，秋梅還是猶豫不決，腳都下水了，還是東張西望，一次次解開浴巾又趕緊闔上，而且越裹越緊，像是有重石壓在層層疊疊的梅乾菜上，永遠看不到底層。透過牆上的鏡子，秀英看得一清二楚。

秀英覺得秋梅的行為扭捏作態，像未婚少女般的可笑，孩子都這麼大了，還有什麼脫不下來的。可想想她老公離家這麼久，心態不跟單身的小姐沒兩樣嗎？秀英想著自己哄著一位五十九歲的老少女，忽然笑的連說話的語調都年輕了起來。快喲，再不下來，水都冷了，我們全變成冷泡茶了。秀英雖別過頭，從牆上的鏡子觀察秋梅，秋梅可能被笑話鬆綁，打開，倏地滑下SPA池。秀英詫異，她看到的不是乾癟的梅干菜，而是豐滿白皙浸透糖汁的大白菜。秋梅一向閉鎖，愛穿褲裝，衣服顏色又穿得暗沉，外人很容易錯估她的年紀，跟老、土產生聯想，沒想到寬衣解帶後，跟小姑娘一樣白嫩。秀英比較自己鬆軟的肚腩及脫垂的奶子，忽然覺得該掩衣的是她，秀英訝異秋梅的內外竟有這麼大的落差，人真不可貌相。秋梅滑入水中後，秀英不能停止想探索秋梅的慾望，她故意指著牆上四道噴出的按摩水柱，要秋梅看顏色的變化，眼神卻往水下探索，即使在遠處，仍若隱若現的能見她粉紅的乳頭在水影中盪漾。秀英感到一股忿忿不平，像她這樣被男人拋棄的女人，憑什麼有這麼好的身材、條件？她下望自己乾癟發黑的乳頭，忽然閃過一絲壞念頭，讓她覺得寬慰：這就是沒有男人的差別啊。

秋梅仍在水中適應解脫衣物束縛後的輕盈，這可是穿了幾十年的束衣，就算解開了，肩頸也習慣性的向上縮。她往深水區持續移動，躲藏下，只露出兩個鼻孔及一對眼睛。

鄰居秀英看秋梅常從陸橋那端，兩手提雜貨回家，看她拎的沉重，走走停停，開車經過就喊她搭便車。一聊起來，才知是同鄉的客家人，都是年輕到台北打拼後落腳，所以彼此格外的疼惜。秀英知道秋梅的單親狀況、沒交通公具，不愛出門，常常幫她跑腿代辦、代買些東西；秋梅也當秀英是大姊，夠情意的跟當保險業務的她買保險，只要秀英推薦，秋梅沒拒絕過。秀英也明白秋梅的情意，因為秋梅很省，在外頭用餐，還打包別人不吃的白飯。秀英看她孤母寡女的，要她為空服員的女兒多保意外險，也提醒她為女兒出嫁後的生活盤算。現在女人平均壽命是八十三，老了就怕病拖磨，秀英要秋梅多買醫療險，久病床前無孝子。況且女兒嫁出門，錢就不能自由支配，還是自己投資未來的生活品質比較實在。

秋梅拿了女兒送的會員卡，走上了「天泉休閒會館」的階梯，也走進了另一個從未接觸的世界。裡面的人，氣定神閒，男的像搖著羽扇沉思的孔明，女的像小喬自愉在書畫中，每個人都有事做，卻靜悄悄地互不干擾，一副天上人間的寧逸。這裡杜絕了世俗的嘈雜，儘管她也看到幾位元極舞的晨運朋友，白天舞的像盛開的花朵，但是現在都靜的像雕像，好像進來這，氣質就自然產生變化。秋梅喜歡這種氣氛，又有點不知所措，連雙手垂下，或交疊放，都要思考再三。

秀英做壽險業務已有二十年，家都是靠她養，先生是奉公守法的公務員，一兒一女都婚嫁了，她上個月才剛升格做外婆。帶孩子的事已經太久，像是上世紀的事，當初壽險業績好，常在外頭婚喪喜慶的應酬，孩子是老公在帶，所以現在很多帶孫的方法、疑難雜症都要請教開過托兒所的秋梅。而她跟秋梅的感情是錯綜複雜的，本來是疼惜，後來她女兒考上空姐，不手軟的買了好幾個 LV 包給秋梅背，又買下租來的房子，現在還拿女兒送她會員卡附贈的體驗券請她來玩。秀英越來越不是滋味，她當然花得起錢買會員卡，就是不服氣秋梅的卡是女兒送的。

同學會

姬看著已經擱置兩天的大學同學群組 Line 的留言，要開同學會。短短兩天，沸沸揚揚的日夜討論，日子、地點都出來了，她還是不出聲。這些代號裡，她幾乎認不出幾個人來，現在的名字跟十五年前不一樣，像介壽路變成凱達格蘭大道一般，王秋月連姓都變了，改母姓成了黃語涵；想從照片認人，不是修片修得太厲害，就是單放孩子的照片。這一個個小蘿蔔頭，對姬來說就如同在蔬果吧看到的木瓜、柳丁、苦瓜、蘋果，既無印象，又無意義。除卻認不出是誰的小屁孩，這種放孩子照片的意圖是勸婚還是勸生？炫耀又說教，真夠婆婆媽媽的。姬選空服員就是想逃脫媽媽的管束，現在 Line 又如影隨形的提醒她，想到就煩，不回，還是繼續擱那吧。

秋梅裹著浴袍走在水療的走道，她的肩攏下垂，抬頭向兩旁的友人打招呼，不像剛開始的縮頭烏龜，經過幾天的使用，她已經沒有那麼彆扭。尤其在蒸氣間，看到大部分的女人，不是肚皮鬆垮，妊娠紋像市場的粉腸回繞般的堆疊，就是腰臀吊著三層肉。她看自己成為別人羨慕的焦點，有種將過去幾十年曾經失去的自信，一瞬間都補回來的戰利感。難道真如算命所說，她走老福，越老越俏？

她走到下午茶區，盛碗桂圓八寶粥，她以前總覺得乾桂圓帶股炭苦味，今天的桂圓卻飽滿的像巨峰葡萄，甜的出蜜。再喝這裡的招牌飲品，她的最愛，紅棗枸杞茶，她發現喝了之後，平常乾澀的雙眼竟然明亮起來，看得到平常不會留意的事物：像是會館角落裡粉紅色的玫瑰盆花，櫃檯桌上瓷製鏤空的糖果盒，還有衣櫃裡吊著姬幫她買的紅色、鵝黃色的洋裝，這些都是她以前視而未見的。而且，幾次進出會館，她還注意到，一個梳西裝頭，總是穿大 Polo 馬的亮色 T 恤、濃眉細眼的男子，在秋梅的眼前不時晃動，有時著白衫、有時橘衫、有時黃衫，像是跑馬燈不停的旋轉。

在等候秀英更衣的空檔，秋梅坐在大廳區休息，幾個新結識的朋友，將話題轉到她身上。「聽說妳女兒是空姐，我堂姊的小孩，是竹科的工程師，科技新貴，拿股票分紅的。我們來安排相親，如有機會結親家也好。」旁人也說，差兩歲最好，尪疼某，若合眼，今年結婚、明年底趕抱孫。秋梅被大家的聲浪淹沒，濃眉細眼的男子又從眼前走過，不知是大廳通風不好，還是剛泡完 spa 太悶，她感覺耳根發熱，心跳加速。

姬深呼吸，聞著空氣瀰漫的檀香，大口吐氣，把怨氣、穢氣一股腦兒全吐光，這是她最平靜的時刻，身心靈都放鬆，也藉由呼吸調整自己到最平衡的狀態。她趴下做瑜珈大呼吸時，聽到手機鈴響，倏然間將她從大地原野中給震醒。該死，手機忘了調成靜音模式。放鬆的四肢頓時僵直，像擱淺的烏龜在空中划水。她趕緊到後面從包包拿出手機改成靜音，她看到螢幕上跳動著大學的死黨小如傳來 Line 的訊息：同學會一起去吧！

她的手腳僵硬，還畏縮在身後，塞在椅下。當她意識到焦慮時，桌前只剩一杯咖啡，雙手在桌下摩擦衣角。媽媽今天難得有興致，邀她喝下午茶，雖然是街角的日式連鎖咖啡館，不是時髦的星巴克，姬卻欣慰媽媽終於不守財，願意打扮出門花錢了。

媽媽問她相親時要穿什麼衣服，叮嚀她穿裙子比較有女人味。姬可不想去，媽媽介紹的對象，不是老師就是公務員，媽媽不了解姬，她想嫁的是美國籍的富商名流，擺脫過去的窮酸低下。不過媽媽已經盡力了，她的生活圈單純，只能認識這些人。不過媽媽總是把兩個沒結婚的男女湊在一起，也不過濾對方的條件，像是只要是男的、沒結婚的、活的，都能成為她的女婿似的。

姬不想忤逆媽媽的好心，總不願說穿打媽媽的臉，可是隨姬的年紀越大，介紹的條件越來越差。姬每每勉強順媽媽的心意赴約，越有被羞辱的感覺。像上次，來的是離婚的男人。她不是嫌棄，要付前妻贍養費，還要養兩個國小的孩子長大，公務員的死薪水，怎麼養姬？姬嫁過去只是當免費的褓姆，外加分擔家計。別人的算盤撥得精，媽媽妳也要為唯一的女兒著想，別濫情地說男的有責任心，所以要小孩的監護權。要女兒嫁過去享福還是吃苦呢？

姬拿起涼掉的咖啡喝，杯子越舉越高，幾乎遮住自己的臉，背景奏的是韋瓦第《四季》小提琴《冬》的快板，媽媽的嘮叨像是多把小提琴激昂的切擦音大合奏，姬聽著聽著，連同咖啡及想說的話，一口全嚥了下去，姬覺得吞下的不是一杯咖啡，是一把把抵著她的心臟，逼她走到懸崖跳下的利劍。

子宮頸癌

夜半手機忽響，姬在黑暗中被屏幕上明亮的「媽媽」兩個字喚醒。媽媽總是週末來電，很少有急事要跨海溝通，姬深吸一口氣問，「媽媽怎麼了？」那頭良久不作聲，有些窸窸窣窣的聲響，姬想媽媽會不會誤按，又問了一聲，「媽找我嗎？」夜深人靜，話筒那頭傳來嗚嗚地低咽聲，像重錨墜下，把姬的心沈入大海。「媽怎麼了？好好說嘛。」媽說得零亂，姬知道媽媽容易緊張，也不催她，光聽。整理出大意：媽媽經血不止已達半年，她認為是子宮頸癌。

媽先是平靜地說要交待後事、下秒鐘嚎得天崩地裂，說不甘心，好不容易苦過來，閻王竟下令催命了。姬感覺自己變成蜷縮在媽媽肚皮裡的小袋鼠，隨著衝撞逃亡的母鼠起伏，心跳加速，好像要摔出袋口。姬的心被媽媽的哭鬧絞緊扭轉，卻力圖鎮靜來安慰媽媽。我現在就跟公司請假回來陪妳，找最好的醫生，媽媽別擔心。媽媽嘆了又嘆，說最放不下就是妳，趁還沒確診出癌症，我明天先去保婦女險，有了保險做後盾，醫病的費用、過世後的理賠金都可讓我先安心。姬要媽媽別多想，沒聽清楚保費要多少，就一口答應全出，姬只想讓媽媽高興。媽媽說跟她談過後，得到她的支持，心情好多了，要姬別請假，飛完再回來。

姬在紐約的這兩天非常容易紅了鼻頭，她向來的冷酷讓媽媽說出口的最後的掛念給溶化了。媽媽最後一刻不是想自己，而是她，她哀傷媽媽戲劇化的短暫人生，總是被命運擺弄著，這份愛，打開她封閉已久的情感竅門，忽然間對人生萬物都有了情：雜誌上看到摸著肚子的孕婦、街上看到牽著稚兒的父親，她的眼裡都能含上一把淚。

姬——聖・派翠克大教堂

姬推不動沉重的木頭大門，正猶豫是門太重，還是應該用拉，而不是推開的？門從內緩緩地推開了，禮拜完的信徒走出他們的懺悔地，也為前仆後繼的悔罪者開出光明道。教堂內的木製座椅被來來去去的信徒坐出一層包漿，在黑暗中泛出光芒。姬順著大理石拼花的走道，走向邊側的祭壇，桌上點滿小蠟燭，摩肩擦踵的併排著，火光明明滅滅，像信徒燒灼的願望，有些燃盡，有些滅絕。姬小時候在廟會給拔高一丈的七爺嚇哭過，特別怕鬼神的，這回，第一次單獨走入教堂，卻沒有讓裸身釘在十字架的耶穌給嚇著。她點燃蠟燭，靜靜地跪在拜墊上，行禮如儀，彷彿天生就懂。或許是從小跟著媽媽逢廟必入，點香跪拜有關，雖然不知西方的儀式，她憑真心膜拜。

她腦海出現媽媽手抱嬰兒餵奶，腳還要前後搖動嬰兒推車，哄寶寶入睡的畫面。她心目中的媽媽好偉大，在家開了家庭托兒所，最高紀錄收了六個小孩，照顧這些爸媽忙碌，鮮少被探視的小孩，她把他們當自己的孩子疼，姬還記得自己曾對這些小孩吃醋。

她記得小明的爸爸是建築工人，每次來，腳上帶土的靴子總是弄得入門的地板一層泥濘，媽媽在小明的爸爸帶小明回家，或是小明睡著後才拿抹布擦淨，現在才明白，媽媽好意不要讓小明的爸爸跟小明不好意思。小華的媽媽總是打扮嬌嬈，進門帶著濃濃的香煙味，出手大方，送媽媽香奈兒香水，也送過她一個日本的伸縮鉛筆盒，可惜來的次數不多。比起他們，姬雖然沒有爸爸，但每天看的到媽媽，她是幸福的。姬也學習媽媽將愛分享給他們，聽到寶寶啼哭聲，會自動問媽媽，要泡幾格的奶粉？她跟媽媽分工合作，像消防隊出勤，再吵的哭聲都能迅速滅下。沒有爸爸的缺口，靠著幫媽媽帶小孩，當孩子王，姬也補出了自信。

長大後，姬雖然跟媽媽保持適當的距離，但好比北極熊跟冰原的關係，冰原雖然浮動，還是在游泳可即的範圍，費勁游，到達後可喘息歇氣。這回，媽媽患了絕症，姬焦慮她安逸的冰原棲息地會融解，再費力也游不到盡頭。這不只是冰原的死亡，也是姬的死亡。她向上帝請願，以自己的命給母親延壽，她命太苦了。好不容易姬長大有能力孝順媽媽，媽媽卻生病了。世上只剩她與媽媽相依為命，光耀媽媽是姬力爭上游的主要力量，如果她走了，姬活下來又有什麼意義？

姬淚流滿面看著眼前那盞蠟燭的蠟油慢慢流盡。在微弱將滅的火光下，有人在桌前哭泣，將淚痕斑斑的信紙摺了三折、再對折，塞入航空的信封中。拿起桌前快燃盡的蠟燭，倒了一滴蠟油在信封封口，蓋下她英文名字J的蠟印，炙熱的紅蠟轉眼冷卻凝結，像一灘未乾的血塊。

蠟油封存了J對K的思念，一次又一次載著思念飛往美國。蠟油最後成了凝結成在心頭的血塊，K說他愛上同學，分手吧。姬像春蠶絲盡、蠟炬成灰的餘燼，日日流淚；一天，乾涸的眼睛再也流不出淚，姬告訴自己再也不哭了。她也的確心冷如冰，對任何事都置身事外，再也不投注情感。這次媽媽罹癌，姬覺得乾涸已久的血管忽然間熱血奔流，原來她還是有感情的。她希望老天再顯靈，讓她相信真有神蹟。她口裡喃喃念著各式神明：天主、瑪麗亞、耶穌、佛祖、菩薩、媽祖……只要媽媽能活下來，我願意成為教會終身的義工。

鐘聲響起

陽光透過寶藍色的玻璃圓窗花灑入聖・派翠克大教堂的聖殿，斑斑點點的覆在姬的臉上，彷若顯現了神秘的暗碼，她自己卻看不見。

姬看到，自己振翅飛，衝破了雲端，輕盈、沒有界限的翱翔，再也不受地心引力的束縛，擺脫小時候的晦暗。然而，飛得再高，也不能飛越母女脈絡相承的血脈，姬停止滑曳，俯身下雲層回地平面，來到晦暗的地表、媽媽的身邊，重新安身立命。

教堂七千多個高低音管排列的管風琴，靜止時像寺廟裡的籤條排出命運的高低。此時奏出聖樂，伴奏合唱團男女高音唱出的聖歌，跌宕起伏，穿透石柱，也穿透人心，像是傳達什麼樣的預言；直達穹隆的聖樂，經由石柱迴廊的傳播，振盪在川流不息、到紐約朝拜的觀光客、信徒的身上，像是一波波天主賜下的祝福。日光透過五彩的窗花，從藻井漏下，呈現各種波長光影，像是濾光鏡吸收了隱晦難解的心事，幻影出過往的悲歡離合；同時間，也折射出希望之光，和祭壇上的小蠟燭互相輝映。教堂裡跪滿來自世界各地、男女老少的信徒，最閃耀的三道光，照在教堂不同的角落裡，三個或跪或拜的東方女人；姬、張莉、王雅芬的身上。

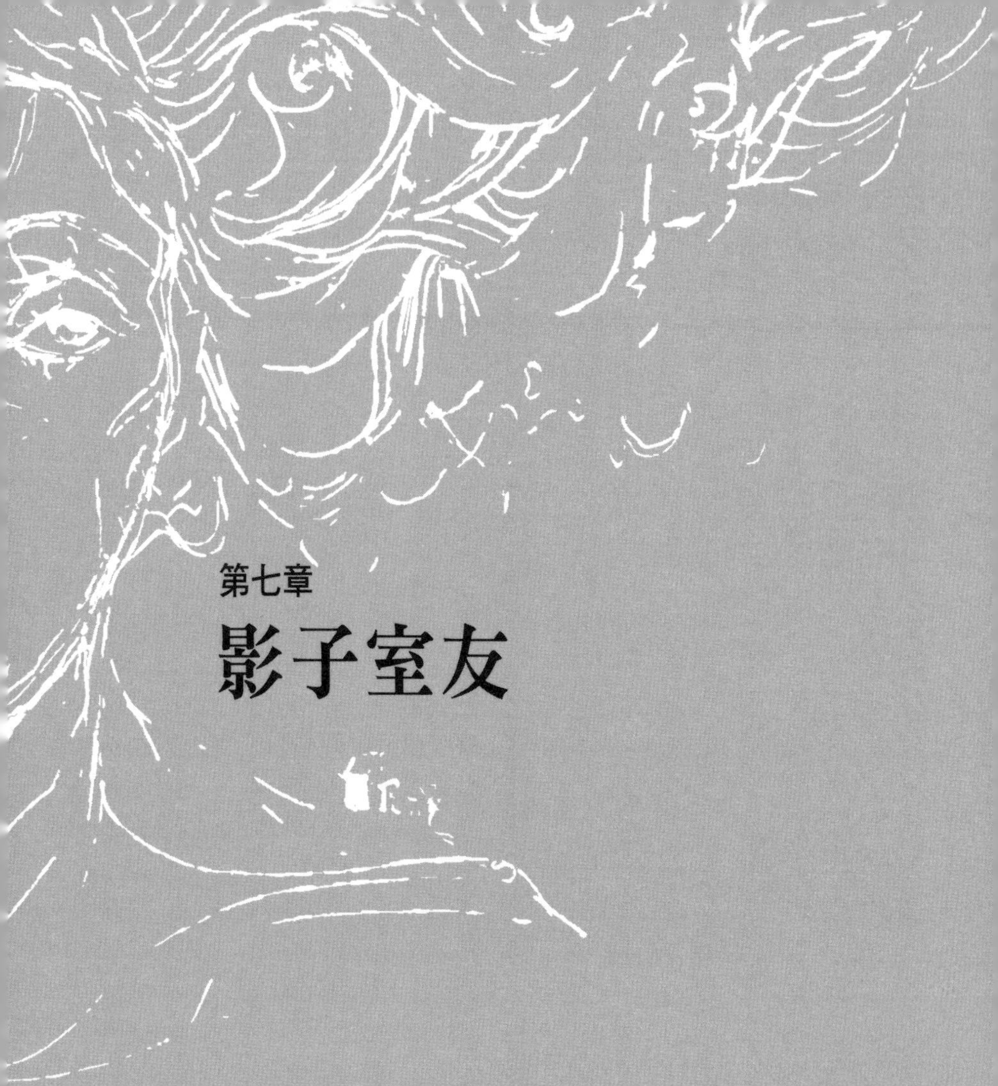

第七章

影子室友

凱莉娜的友誼

聽到隔牆床板衝撞的聲音，凱莉娜把新買的 Bose 耳機戴上，進入拉丁舞曲的世界。這樣的情況越來越頻繁，她卻不以為意，找到自處之道。住在王雅芬家，省下地鐵的通勤費用，本來捨不得買的高級耳機，她買來犒勞自己，戴上後，就自隔於音樂的世界，所有的煩囂彷彿跟她無關，這副可消雜音的耳機還是王雅芬介紹給她的。王雅芬過的生活真舒服，住在曼哈頓市區，到那都是步行距離，不像凱莉娜，住在皇后區，需要地鐵轉來轉去。以前搭地鐵轉公車不嫌煩，現在有了比較的對象，發現人比人，真的氣死人。王雅芬不用打工，還能擁有高規格的大銀幕的液晶電視、高級耳機、iPhone、iPad，不用付房租、學費貸款，只要念書就好了，真不知道這些中國人怎麼能這麼有錢？凱莉娜這樣羨慕的念頭一閃而逝，雖然白天要上課、練舞，晚上在百老匯表演賺生活費，卻慶幸自己自由自在，可選擇熱愛的舞蹈、表演，不用聽命於父母，也訝異王雅芬已經二十四歲，還跟父母要錢，像個吃奶嘴的嬰兒。反正，只要王雅芬不趕她走，她就住久點，享受紐約客的方便。至於 Vincent 的強力示意，她鐵了心假裝沒聽到。

「什麼時候幫我約王雅芬，到酒吧喝酒跳舞啊？」凱莉娜對一群擠眉弄眼的男同學吼回去：「有種，就約我！」凱莉娜對他們的促狹已不耐煩，校園中流傳的謠言滿天飛，說新學期來了一票中國的女留學生，印度男同學交上了一個，結果每個印度男同學都經由介紹，有了中國女朋友。印度男人很差勁，背後向同學吹噓中國女生很好追，床上功夫不好，但配合度高。這樣的新聞成為茶餘飯後的笑柄，不只男同學垂涎，連女同學都跟凱莉娜證實傳聞的真假。凱莉娜是王雅芬的好友，對王雅芬捲入這樣的流言感到忿忿不平。第一王雅芬雖然是中國人，她是台灣來的；再來她被 Vincent 管得緊，很少逗留學校，跟這些女學生打交道，怎麼會無端惹上麻煩呢？不過，在還沒認識王雅芬前，她真搞不清楚台灣跟泰國有什麼不一樣。其實，亞洲人長得都一樣，眼睛上吊細長，說話都很大聲，凱莉娜發現除了泰國跟越南人比較矮、膚色較黑之外，日本、韓國、中國人是沒什麼分別的。

王雅芬的溫柔連女人都受用。凱莉娜原本是療情傷，借住王雅芬家幾天。芬不只關心凱莉娜的心情，還擔心她沒胃口，餐餐都準備了她的份，中國炒飯、水餃、鮭魚、排骨、裝在像日本餐廳看到的四格飯盒中，不論凱莉娜在不在家，王雅芬都會附上紙條，貼心的說明有那些菜色。這倒讓凱莉娜感到不好意思，因為她曾質問王雅芬是否吃狗肉、貓肉？怎麼忍心把人類的朋友吃下肚？當時王雅芬像是被打了一巴掌，錯愕又驚惶地解釋，韓國有狗肉街；或妳指的是廣東人，「天上飛的、地上爬的都吃」？中國人超過十億，並非所有人什麼都吃的，至少我住的台北沒人吃狗肉。看到王雅芬輕聲細語的說明，及快哭出來的眼神，凱莉娜從臉頰一路紅到額眉，覺得自己成了粗暴的霸凌者，她後悔自己的魯莽及不求甚解，自此之後，只要聽到有人指責中國人吃狗貓，就幫忙澄清，這是她對王雅芬修補愧疚感的方法。

Vincent 並不把王雅芬對他的溫柔當回事，反而像是主人般的操弄她，王雅芬完全聽他的，像是著了魔。凱莉娜在拉丁背景的母系社會長大，當然看不慣他們之間的主僕關係，幾次脫口就要教訓 Vincent，但她忍了下來，總有什麼優點，讓王雅芬離不開 Vincent，這是別人的家務事，只要王雅芬高興就好了。

凱莉娜跟王雅芬另一層緊密的關係，建立在王雅芬上課時整理井然有序的筆記裡。凱莉娜不是全職學生，晚上在百老匯演出工作，白天又要上課、交報告、應付考試，多虧王雅芬的筆記讓她快速抓到重點，考試才能全 Pass。這學期期末考快到了，凱莉娜已不像以往緊張，自恃有王雅芬這本致勝秘笈幫忙，她勝券在握。

而今天已經是第二次，凱莉娜借不到王雅芬的筆記。頭一次，王雅芬說還沒整理好，下周再借，這次還是沒整理好。王雅芬看起來不像騙人，可是考試在即，讓凱莉娜不由得懷疑必有蹊蹺，她上課時不時盯著王雅芬瞧，看看能不能想起什麼線索。有可能是 Vincent 要王雅芬刁難她，趕她搬走的手法嗎？還是這一周她為到英國發展的同事餞行，聚餐太晚歸，回家吵到他們的睡眠？凱莉娜設想各種的可能性，王雅芬在她眼前連續打了幾個哈欠，手撐在臉頰，眼皮快垂了下來，凱莉娜覺得很不尋常，因為王雅芬上課準時認真，這不像她。

下課後，凱莉娜跟在王雅芬旁，問她怎麼這麼累，有沒有需要幫忙的？王雅芬卻像上次回應的一樣，還是沒整理好，說話焦躁、心神恍惚地逕往前走。凱莉娜忍不住扯了王雅芬的膀子，我們這麼好，妳是不是有話沒對我說？王雅芬停下來，抬頭看凱莉娜一眼，嘴巴嚅動了一下，搖搖頭又往前走。凱莉娜受不了這樣的猜忌，一大步擋在王雅芬前，雙手拉住她，「有什麼就在這說清楚。」

凱莉娜像隻噴火龍，火焰就要吞噬王雅芬，逼得她面對現實。「我失眠好一陣子，精神很不好。」「怎麼會睡不好呢？妳晚上幹什麼？」王雅芬支支嗚嗚的說不出口。「妳沒有嗑藥吧？」王雅芬搖頭，眼睛躲開凱莉娜。

王雅芬同棟教育心理系的室友辛蒂正從四樓下迴轉梯，跟著大家望向發出爭吵聲的樓底，兩個女生正拉扯不清，綁著褐髮馬尾的大個，高出黑髮披肩長髮的女生一個頭，黑髮的頭低垂，把臉全遮住了，褐髮緊追不捨，甩得馬尾像馬要跳躍奔起，辛蒂猜該不會打架搶男友吧？黑髮女生搖頭，抬起手揮了揮，推開側門走出建物，快步離去，一群看熱鬧的學生們才從樓梯口一哄而散。

災難

坐在圖書館外的石椅上，王雅芬的腦海都是凱莉娜的聲音，Vincent不是南非人，妳知道Vincent家鄉出什麼？奈及利亞專出騙子，隱形藥水洗美鈔、跨國遺產詐欺，都是那裏想出來的詭計。妳對著智慧女神看清楚，書念了這麼多，這些新聞不會不知道。他這樣糟蹋妳，妳還百依百順，我就知道有什麼不尋常，原來他拿藥控制妳，真是敗類、人渣。

王雅芬百感交集，眼淚一個勁的湧。凱莉娜知道自己說話太過了，又壓不下火氣，走到一旁的花園踱步。王雅芬咬緊下唇，身體微顫，想為自己辯解，自己不是凱莉娜想像中的壞女孩，也訝異自己習慣的噤聲不語，帶出這麼大的疑團。她抬頭望向屹立在校園百年的智慧女神，喃喃祈求能有智慧解釋清楚近來的狀況。王雅芬巍巍顫顫，終於從口中擠出氣息。我沒有用藥吸毒，失眠是因為最近婦女病嚴重，搔癢的睡不著，擦藥也沒用，又不知怎麼處理。至於Vincent，我更不知如何是好，他威脅我要告訴父母我們同居的事，如果被知道，爸媽肯定不要我這個女兒，丟盡王家的臉，我很怕不能回台灣，只好全聽他的。王雅芬說完，鼻室撲香，像打通任督二脈，明明五感麻痺很久了，這下能聞到花園裡百花的芬芳了。

凱莉娜明白事情的原委，心理同情她，就像失怙的羔羊在獵豹的追逐下，亂了步伐，在原地瘋狂打轉。帶著憐憫的眼神跟王雅芬說，難為妳了，等下就帶妳去婦科看病，先把病治好。說完又開始低頭踱步，神色凝重，好似陷入困境。忽然間凱莉娜抬頭，雙手扶著王雅芬的肩膀，「妳敢不敢搬來我家住?傢俱全留給Vincent，房租付到下個月，就算分手費，一切重新開始?」

在爬滿常春藤的百年校舍旁，帶著桂冠，腿上放著厚重的寶典，高高聳立的智慧女神像，打開雙手像是開示了王雅芬、凱莉娜的疑懼，要她們不要驚慌，也像是左右手圍擁她們，見證了她倆甘苦與共的友誼。

凱莉娜陪王雅芬回家打包，凱莉娜催王雅芬只拿重要的文件、物品，其他都送這個人渣，說是新的不去，舊的不來。王雅芬沒凱莉娜這麼俐落，她環顧牆上的櫃子，自己一點一滴買來的擺設陳列，一時感情泉湧。望著那扇向著哈德遜河的窗子，她想起八月剛來美國時天熱，和爸媽站在陽台納涼，遙望南岸看不見的自由女神像，王雅芬開玩笑遞給媽媽自己吃的冰淇淋甜筒，要她舉起拍照，媽媽、爸爸和她笑得一屋子鬧哄哄的。當初搬進來是空蕩的斗室，現在擺滿了一屋的傢俱，這間一手打造的新家，在今天走出門後，就成了回憶，她不禁有遊園驚夢的失落。

美國這塊自由民主的樂土，曾給她驚艷、快樂，也帶來災難，讓她身心極度的脫序，從自卑的台灣女孩到自負的紐約小女人，再到現在自我否定的留學生，以前至少還有學業可以自豪，現在的她，哪裡都不對勁，書念不下，覺睡不好，總是在當掉的夢魘中醒來。

凱莉娜在門口把風催促，錢丟了都能再賺，趕快走吧。王雅芬還是不放心的問，妳確定他不會來學校找我嗎？妳這陣子待我家，我幫你跟老師請假，跟老師說明妳的處境。他即使來，撲空幾次也會死心的。那他會不會真的打電話給我爸媽？傻瓜，他要的是錢，他如果真跟妳爸媽告狀，爸媽要妳離開他，他又有什麼好處？王雅芬訝異這麼簡單的邏輯，她為什麼沒想到，莫非是被對 Vincent 鋪天蓋地的恐懼遮了眼？

王雅芬的搔癢症已經持續一陣子，她開始覺得是婦女病，而後當 Vincent 越來越控制她的時候，她不禁懷疑是不是染了性病？她是個單純的女孩，不會有問題的，問題絕對出在對方身上。她上網做了些搜尋，看到那些大片大片糜爛的圖片，嚇得把筆記型電腦銀幕蓋上，不再多想。身體卻越來越癢，從下體延伸到全身每個角落，癢的她不能專心，不能讀書，不能睡覺，更沒有胃口。一天經過學校的佈告欄，看到愛滋病的防治海報，學生正發傳單給過路的行人，呼籲帶保險套保護自己、保護伴侶。王雅芬當頭棒喝，學生時代學的衛教常識，怎麼全忘了？她考試無所不捷，卻敗在實踐上。更難過的是，這是初戀，她把最純真的心及身獻上，卻換得性病甚至愛滋病，她的一生就因為她對愛情的信任而終結，這樣公平嗎？王雅芬想到她曾捐款給大陸愛滋村，看過紀錄片裡的患者被社會集體遺棄，集體走向死亡。而她呢？嚴厲的父親一定切斷父女關係，就算母親也愛莫能助，她只有自己孤獨的，面對死亡。想著想著，她冷汗直冒，雙腳無力，她不由得坐下來歇息，調節自己的呼吸。耳邊鐘聲悠揚，學校巍峨的教堂現身在王雅芬的視野裡，莫非懺悔的時候到了。

油燈巨人

Vincent躺在皮沙發上，拿搖控器反覆轉台，以前看這些電影或影集，再無厘頭的劇情，都能逗得他哈哈大笑。現在銀幕上出現的，對他來說都是成串的問號，他不明白為什麼要配上爆笑的罐頭笑聲，笑點在哪？自詡會讀心的他，怎麼會看不出來？Vincent時坐時臥，怎麼躺都不舒服，尤其又要坐的端正，才能把礙眼的皮沙發破洞遮擋起來。破洞是他一次用完拆信刀，忘了歸位，又被報紙遮掩，一屁股坐下，刺穿皮革的。本來是個筆尖大的小洞，王雅芬早提醒他用市面新發明的皮革修補組趕快補起，他卻不當回事，想身體擋起就不礙眼了。沒想到經過身體的磨蹭，現在破的比拳頭還大，還像蛇褪皮，掉落一粒粒的黑點在白色的地毯上，像肉瘤、疙瘩，看得他渾身發癢。

如果是平常，Vincent只要抱怨幾句，就有人出面解決問題。王雅芬已買回皮革修補組，如果當初不犯懶，糊上就好，現在卻破的齜牙裂嘴的，大到補不起來。王雅芬常自嘲說Vincent用聲控看電視，只要說這電影不好看，不知明天氣候如何？頻道就自動跳到氣象台。王雅芬會準確的實現Vincent的願望，像天方夜譚的油燈巨人。

可是現在沙發上沒有王雅芬，只剩一個牛眼般的大洞瞪著他。

日本的女人會念書，Vincent見識多，知道她們聰明、溫柔、善解人意，沒有個性，多數謹慎保守。王雅芬當然不會例外，初相識，她幾乎沒有自己的想法，問什麼都是微笑以對，不若以往他結識的女人總是附和。Vincent 有點不知所措，猜王雅芬心中是否另有盤算，覺得她難以捉摸。後來，Vincent 才理解，他搭訕時看走眼，以為王雅芬是日本人。

像他這樣的黑人，要跟瓷娃娃般的東方女人做朋友，就只有利用女人的善良，藉機請她們幫忙，近身交談，取得信任後，就像擁有天方夜譚裡的油燈巨人，她們願意為你摘下天上的星星。

Vincent 有過六個油燈巨人，儘管嬌小的她們站在他身旁，Vincent才像油燈巨人，而外人看到東方女人對他的千嬌百順，會認為魁武的 Vincent 是頂天立地、讓她們臣服的英雄。只有 Vincent 知道，沒有她們背後實際的支撐，他這六尺之軀，不過是空殼罷了。

Vincent 怎麼都沒想到，溫馴如貓的王雅芬真的就人間蒸發了。他本來想可能就是鬧意氣，離家兩天。奈及利亞是酋長大男人文化，示弱是女人對男人做的事，他可不會低聲下氣找她回來。直到兩天後，他撥王雅芬的手機，回的竟然是停用的訊號，他不可置信的重撥了一次，還是空洞的語音回應聲；他又拿起手機確認號碼，沒有按錯任何一個鍵，他才意識到事情嚴重了。他窩在破大洞的沙發上，彷彿是颱風眼，置身在暴風圈中，他各種奇怪的念頭像雷雨刮起：她會遭遇意外嗎？她會回台灣了嗎？Vincent 是基督教徒，不信符咒的，此時卻翻出王雅芬送給他，被他壓在椅墊下方的的紅色平安符，學王雅芬閉起眼自言自語的說，請保佑王雅芬平安歸來。王雅芬說過心誠則靈，他還特地用中文又念了一遍王雅芬的名字，學王雅芬兩手合十，掌心夾實了平安符：王雅芬是個心地善良的好女人，希望她平安無事。說完，他像有了靈感，蜷縮在沙發的身子瞬間直立，起身往房間走，他猛然打開王雅芬的衣櫥，沒有王雅芬。裡面的衣服整整齊齊，沒有被移動打包的痕跡，王雅芬沒有回來過。這個家彷彿跟王雅芬一點關係都沒有，整個空間卻瀰漫王雅芬的味道，有種置身在追思紀念館的感覺。他越想越毛，抓起電話打給他的表弟 Peter，問他該怎麼辦。

Vincent 常接濟 Peter，Peter 是奧迪的修車技師，收入不錯，不愁花用。Vincent 卻覺得這個在美國長大的表弟，生活單調乏味，就像他修的車一樣，冰冷無趣，整天窩在汽車底盤下，不是電子迴路，就是鈑金烤漆。只要有好的酒、新出的 DVD，Vincent 就送過去跟他分享。照顧周遭的親友是奈及利亞的傳統，儘管他從高中就離開奈及利亞到美國求學，依然遵循不悖。

Peter 眼中的 Vincent 是個聰明風趣、情史不斷的表哥，他很崇拜他，奈及利亞家族也以他為傲，談起 Vincent 的故事可以說上三天三夜。像他是奈及利亞第一個三年內拿五個碩士學位的人，也是跟電影裡《華爾街之狼》的李奧納多一樣，是華爾街的經紀人。他們談論的 Vincent，全是實情，只不過都成歷史。Vincent 相信人生是一連串的選擇，他太聰明，沒有耐心等結果，於是一直重新選擇。生活被他切得零散，像散落的寶石，從沒機會串成扎實的項鍊。

Peter 聽到王雅芬離家，認為這個問題很簡單，直接到學校去問，她若負氣，還是會去上學。他並打了比方，情侶關係就跟男人開車一樣，方向盤不能握太緊，手輕輕放在上面，你轉哪，女人就會跟著轉，毫不費力。Vincent聽了哈哈大笑，機器人Peter竟能說出這麼有哲學的話，真是令人刮目相看。Peter暗笑，那是因為Vincent喜歡搶著說話，這回終於輪到他發表意見了。

去學校探察，對Vincent是尷尬的，因為王雅芬台灣的同學都不喜歡他，所以他也阻隔她們的往來以示報復。她們懂什麼，他沒開口要過，王雅芬心甘情願付出，有什麼好議論的？還裝清高呢，辛蒂跟珍背著王雅芬都有印度男友，他跟王雅芬至少是穩定的關係，她倆被印度那幫人推薦試用，說像日本的女優一樣配合度高，大家背後都取笑她倆是公共汽車。我Vincent雖然情史豐富，但絕對不會出賣曾經交往過的女人，我對她們真情相待，雖然都因女人返國而關係斷線，最起碼我們有過歡樂的時光。

Vincent站在學校外的地鐵站口，目光追隨任何長髮披肩、纖細身材的東方女子，有好幾次他幾乎就要喊出王雅芬的名字，走近才發現是他的幻覺。他站崗五天，仍然沒有王雅芬的蹤跡，倒是看到一位總是戴著耳塞，鬱鬱不展，低頭聽音樂的東方女學生。從她走路微內八的模樣，Vincent判斷她是日本人。還是日本女人柔順，王雅芬是他人生中的意外插曲，既然樂譜被風捲走了，他何必留念舊旋律呢……

Vincent小跑步慢慢接近她，趁機想合上她的步伐。日本女友已經是兩年前的事，他得努力回想曾學過的日文單字，想著要用什麼方式開頭來問路。他和女學生的距離越來越近，近到他看到包包上掛了Hello Kitty的吊飾，他知道是做下一個選擇的時候了。

Vincent不知道，王雅芬躲在校門口對面二樓的咖啡館，也觀望他五天，他的焦躁、急切、無奈，王雅芬都在看在眼裡。王雅芬心軟時，凱莉娜勸她，再多等一天、再多等一天。這一天，王雅芬自認懲罰或者試探都可以告個段落，不顧凱莉娜的勸阻，要給他一次機會。當Vincent憨笑，露出招牌白牙齒，跟貌似日裔的女子招呼時，王雅芬忽然明白自己是怎麼成為Vincent的選擇。

王雅芬，站住了。

新環境

王雅芬搬到紐約皇后區的凱莉娜家住，雖然跟曼哈頓只隔了條橋，跟摩天大樓密布的曼哈頓完全不同，水泥道兩旁多是矮小的的洋房，遙遙相隔的棟距似乎為她推開了一條嶄新的道路。前方的路看起來那麼陌生，又那麼的遙遠，王雅芬不遲疑，反而加快步伐，她知道與其陷在流沙原地不動，不如拼命向前，或有一線生機。她也清楚，如今身陷的已不是曼哈頓高聳的水泥叢林，或是皇后區屋前綠葉稀疏的灌木群，而是內心恐懼的倒影。如果繼續畏畏縮縮的過日子，人生永遠沒藍天。

王雅芬居住的皇后區街頭，常見破球鞋綁在空中的電線上，突兀的劃開寧靜的天際，王雅芬不明白誰會爬這麼高綁上破球鞋，難道不會觸電嗎？到底想透露甚麼訊息？會是青少年打賭的惡作劇嗎？她想起新聞裡提到貧困國家的居民偷剪纜線賣錢，卻觸電身亡。是缺乏知識，還是鋌而走險？她苦笑自己的處境也差不了多少，只是還沒死，苟延殘喘的呼吸著，在垂死的邊緣。

王雅芬猜凱莉娜是故意留空間跟隱私給她。凱莉娜幫王雅芬約了一個拉丁婦產科醫生做檢查，就去舞團練舞，出門前還給她兩個頰吻及一個大擁抱，這種殘留的體溫及身上的飄香，比任何形式的鼓勵都熱情，王雅芬沒那麼害怕了，至少這體溫及味道讓王雅芬感覺自己不孤獨。

王雅芬很感謝凱莉娜對她不嫌不棄的友誼，因為她知道王雅芬有感染AIDS

的風險，卻還收容她，且隻字不提這敏感的話題。而後王雅芬才知道凱莉娜曾有親友感染，最後雖然都不治，但凱莉娜並不恥於開口，還能坦然地懷念他們相聚的最後時光。凱莉娜就說她的一位朋友，吃藥控制了五年，最後是因為肺炎過世的。王雅芬覺得美國真是開明進步，全民都能接受ＡＩＤＳ是疾病的觀念，不像台灣視為瘟疫，還翻成「愛死病」，似乎得了就等於宣告死亡。可是王雅芬又想，會是美國感染人口多，已成常態，所以見怪不怪嗎？

在台灣父母嚴格的管束下，王雅芬就常自言自語，到了美國更嚴重，彷彿問多，答案終究能出來。然而，回應她的只有空白，及一個個沒有被消化、懸在空中的問號，像風鈴掛在耳邊叮噹起舞。

王雅芬其實渴望凱莉娜的陪伴，凱莉娜卻早出晚歸。她的睡眠越來越短，且惡夢連連，多是下十八層地獄的夢，她寧可不睡，都不要墜入死亡的夢魘。她焦慮惶恐，也不敢面對現實，一直推說等期末考完，再檢查。現在期末考結束，沒有藉口推託，她覺得她人生也結束了，不再懷抱希望。她還有一堆未竟的夢想，包括器官捐贈，現在都成了笑話，誰敢用這染病的器官？她怎麼會淪落成，死都不見容於社會，成為生死都被世界遺棄的人呢？

她判定自己就是AIDS的患者，因為各種Google來的知識都證明了她的猜測：發燒、嘴巴起水泡、肌肉關節疼痛、咽喉痛等。她已無暇思考治療的問題，她想得是如何死去的問題：餘生要回到自己熟悉的故鄉台灣，還是待在無人認識管束她的美國？她在僅存的歲月裡，要跟最親的爸媽團聚，再編出一大堆謊言讓他們安心；還是自由的做真我，在陌生的異地裡放逐自己？她在心理問了又問。

她想起小時候跟媽媽去算命，留大鬍子的老爺爺，看著批滿紅字的命盤，又望了她，眼中有股不捨的眼神。他摸摸鬍子對媽媽說，妳命中本無子，她是佛家命，投入你家是了塵緣。她自命清高，做事謹守分際，一生不需擔憂。就怕……遲早還是遁入空門。王雅芬還記得媽媽抽泣的聲音，對望她的眼睛哭得都是血絲，抱她好緊，像怕她溜掉似的。媽媽頻頻追問有沒有破解的方法，老爺爺捻了捻大鬍子，搖頭，一副天機不可洩漏。最後，在媽媽的抽咽聲中，老爺爺鬆了口：當媽媽，讓母愛留她在人間。

她一直懷疑這件事情的存在，因為媽媽日後再也沒提過算命的事，唯一能證實的轉角大樓的招牌「九宮八字」又因都市更新給剷平了，她的記憶也像重建後的工地，深挖後，舊土石一車一車被卡車載走，重新回填地基，已找不到回時路。她漸漸遺忘了這件事，重新回到父母為她鋪陳的生活。

現在她有了好理由遁入空門，佛家是慈悲的，不會不收她，她也趁餘生在青燈木魚前拜懺，了卻塵緣。然而美國是基督教國家，到哪找廟宇呢？凱莉娜上周帶她去拉丁社區的天主教堂做禮拜，裡面的彩繪窗戶讓她想起幼稚園曾念過的教會學校、包著黑色頭巾的修女，她們總是輕聲細語，唱的詩歌朗朗上口，在挑高的教堂裡迴盪不已，發點心糖果時，笑的像天使一般甜美。她還記得有天來了一位年輕的修女，像姊姊一樣，比起其他像奶奶的修女，她更喜歡跟她接近。當時她太小，不知道修女是不能結婚的，還問這位小姊姊，這麼喜歡班上的小朋友，以後要生幾個小孩？現在她明白了小姊姊的苦笑。不管她是什麼原因，這麼早看破紅塵、獻身天主，想脫離世俗的決心跟王雅芬是一樣的強烈吧？修女服事天主，離群索居，應該也算遁入空門吧。王雅芬這次問出了答案。

王雅芬——聖・派翠克教堂

王雅芬原來隨著人潮過馬路，正過一半，被教堂清脆響亮的鐘聲吸引，她想駐足，卻被一群觀光客推擠向前。他們三三兩兩拿著地圖，比劃著旅遊書上的圖片，指著聖・派翠克教堂(St. Patrick)，來回比對，好似循藏寶圖挖到寶藏的興奮，她只好被推擠下繼續走完斑馬線。王雅芬想起她曾經也是其中的一員，對紐約充滿憧憬，在大街小巷忽走忽停，指指點點。

正午十二響的鐘聲此起彼落，像是碗裡滾動的骰子，翻來覆去開不了胡，擾得王雅芬心慌意亂。王雅芬耳邊再起愛爾蘭風笛的樂聲，她想起年初聖・派翠克節(St. Patrick' Day)與Vincent穿綠衣，合圍一條幸運草的綠圍巾，擠在鼓號樂隊中來回遊行的熱鬧。如今北風依舊，已無人在旁取暖。當時人太擠，Vincent決定不進教堂，儘管聽說讓神父親自賜福能保健康平安，王雅芬還是隨Vincent離開。當初的缺憾，現在補，不知來不來得及？王雅芬現在能為自己做主了，轉身進教堂，了心願。

聖・派翠克教堂是王雅芬喜愛的導演伍迪艾倫進出的教堂，王雅芬從高中就喜歡看伍迪艾倫的電影，他多以紐約為背景，訴說人性「已知，卻又懼怕承認的真相。」王雅芬認為伍迪艾倫片子說的就是她的心聲，演的就是她的故事。她特別喜歡考試完，鑽入漆黑的電影院中和伍迪艾倫神遊，所以特意申請到紐約念書。伍迪艾倫曾說，如果想讓上帝笑，只要告訴祂你的計畫即可。現在伍迪艾倫也笑不出來了，他被發現染指自己的養女，但堅稱是愛情跟元配離婚，原來他戲裡的光怪陸離，是他內心的寫照。原來道貌岸然的電影大師，也有心中猥瑣的一面。王雅芬沒有計畫，她自己笑不出來，也無法取悅上帝，她是繃緊臉進教堂的。

禱告完，王雅芬踩在冰冷的大理石地板，環繞了教堂一圈，鞋子踏出喀吋喀吋的聲音，腳步拖得沉重。王雅芬觀察到在告解室外排隊的人，跟她一樣，滿懷心事，大多目光呆滯，面色凝重。有些告解完走出來還帶著未乾的淚水，但顯然的他們都變輕了，腳步裡走著希望。王雅芬經過聖・派翠克教堂，本來只想進來尋求片刻的寧靜，現在改變了心意，想跟神父告解。王雅芬憋了滿腹的心事及委屈，卻無處可說，不僅身體病了，心裡也病了，近來吃睡不好，瘦了五公斤，更像行屍走肉。凱莉娜雖好，王雅芬卻鼓不起勇氣跟她談心裡話，反正告解隔著屏幕看不清神父，又說英文，王雅芬感覺壓力較小。她也打算把在美國犯下的罪懺，全遺留在告解室。王雅芬在旁躊躇，守望人群，等待人少的時候溜進去。

在前面的禮堂，媽媽抱著一個穿白紗、戴蕾絲帽的小女嬰，被親友圍繞的喜氣洋洋。小女嬰沉睡，聖潔安詳如挑高天窗打下來的光，自身閃著榮耀，與走動寒喧、準備就座的親友們似無關連。神父要大家坐定，為這位新生兒舉行受洗儀式，歡迎她加入天主的神聖家族。王雅芬想這小女嬰還不能自主表達意願，父母已經為她做了人生的第一個安排，成為天主的信徒。她希望女嬰真能在天主的引導下，走自己的路，不為服從爸媽，不為取悅男友。也希望女嬰的父母能夠為她再添弟妹，獨生子女背負父母全部的期望，那種連呼吸都不能放鬆的壓力，讓她想到遠在台灣的父母，都會微微發顫。

最後一個穿西裝、拿公事包的男人走出告解室時，王雅芬悄悄地溜進。她沒有坐椅子，而是跪在地墊上。網孔的屏幕對坐著一位神父，她不敢正眼瞧，神父先開示了天主會原諒我們的過錯，但我們要徹底悔改的宣告。聽聲音，神父應該有六十、七十。王雅芬當告解給曾祖父聽，細訴心聲，儘管她沒看過留在大陸沒到台灣來的曾祖父；她也想像他是聖誕老公公。王雅芬希望自己能得到大禮，如同媽媽總說只要乖，聖誕老公公會滿足妳的任何願望。

王雅芬說出對人生的疑惑，不知何去何從？她從來就是服從的人，讓命運牽引她走。她到底有沒有靈魂？她也不知道。她越說越茫然，越說越快，不管神父聽不聽得懂，她就是需要宣洩。

鐘聲響起

陽光透過寶藍色的玻璃圓窗花灑入聖・派翠克大教堂的聖殿，王雅芬嗚住口鼻，藍色的光映在她的淚珠上，像是藍色的水晶，一串接著一串。她走出不透光小木匣般的告解室，紅腫的眼看清門檻前有兩階台階，她抬腿緩步走下，彷若走出身後的暗影，徬徨猶豫的靈魂也同時解放。忽然入眼的天光細碎，王雅芬奮力睜，卻張不開眼。或許還不到時候，她得像領洗的小女嬰，閉眼浸沐在聖潔的光浴中，等著天主的帶領。

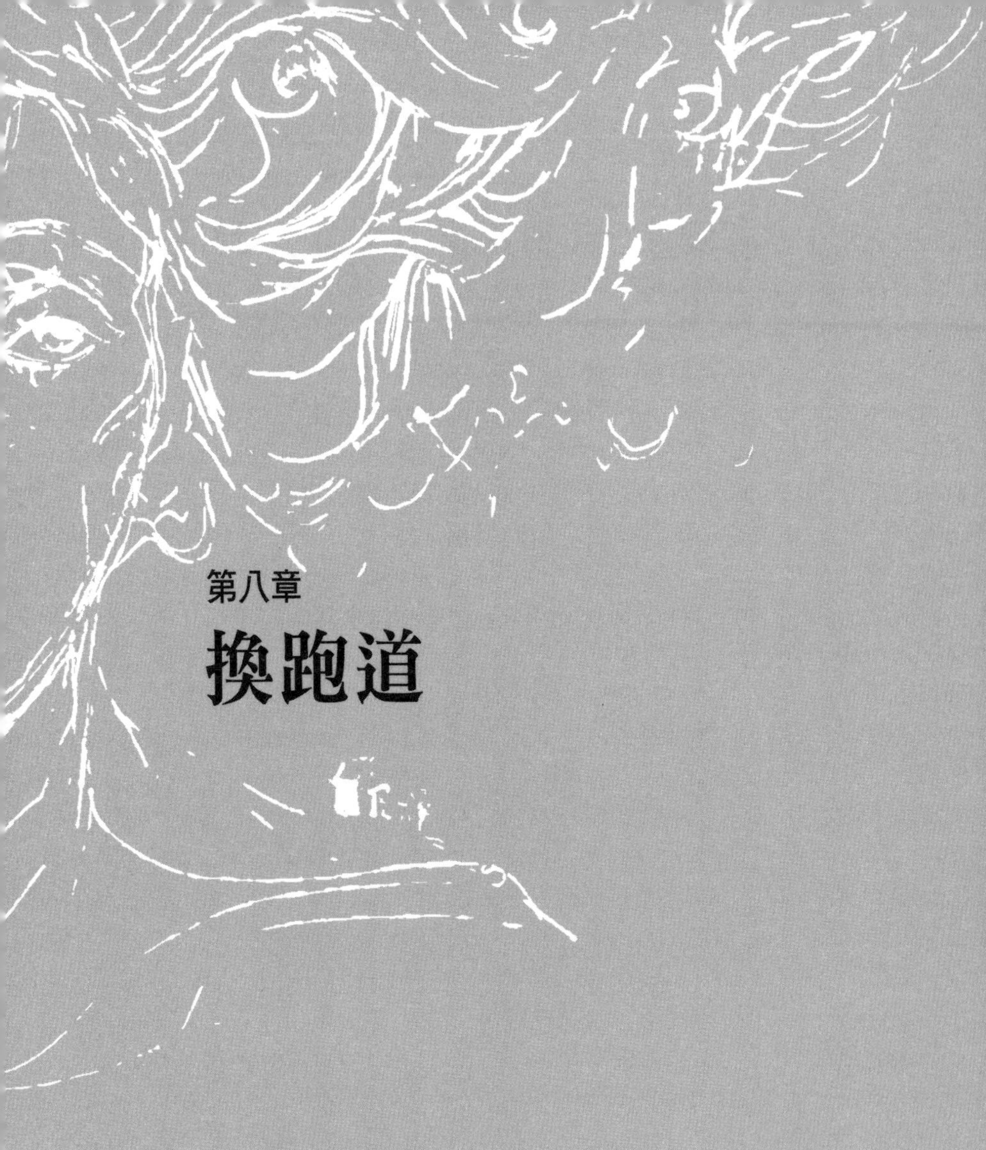

第八章

換跑道

醒悟之痛

年過三十，姬早已不慶祝生日了。前幾年密集排班的飛行下，她買了車、買了房，有了筆紮實的存款，以前起飛前，她加計著該趟能累計的時數跟薪資，從幾何時，她不再計算了，就跟她不過生日一樣，存款跟歲數都成了往上攀升，結實纍纍、倒吊在樹上的葡萄。路過的人口水欲滴，終究這是自己的花園，酸甜成果只有自己能嚐能賞。她的生日願望已經出脫了物質的滿足，她準備三十歲後再不跟朋友慶生了。二十九歲，發了最後一張生日邀請函，註明了不收禮，希望好朋友們將等值禮金，捐贈給任何的慈善機構，她飛了地球幾十圈，常看到機場落難的人球，因為政治、經濟原因，護照、簽證過期的，兩手空空，抱著路人接濟的毯子，席地而睡，不知何去何從，等著海關判決他們的命運。世界匱乏的人太多了，她真心的希望世界大同。她常聽到心裡躲藏的小女孩，哼著國旗歌裡的「毋自暴自棄，毋故步自封，光我民族，促進大同。」對她唱起了二重曲。

她想起小時候是國小的升旗手，在全校千人面前，戴白手套、打領巾、穿綠色童軍服，踮小步將青天白日滿地紅的國旗，送到升旗台旁，在樂隊雄壯的演奏下將國旗冉冉升起。她覺得自己就是國旗，神聖地冉冉升空，站在升旗台往下望，看全校舉目注視她，她確認自己是特別的，上天欽點的。每天大聲地唱，她牢記了國旗歌內容，這歌詞堅定地伴隨她單親寡母的身世成長，她沒有自暴自棄，沒有故步自封，而是力爭上游，也將促進世界大同放在心裡。

還記得二十九歲的生日邀請來的朋友跟她年紀相仿，笑她假道學當善人，拿捐款箱募款還比較快。姬被大家消遣時有點諳然，她的真心被朋友的訕笑抹得像五顏六色的小丑。她沒有朋友們的一帆風順，富裕的人，總是挑三揀四，像是蘋果要吃日本青森、美國華盛頓、還是智利的富士。姬小時候只有過年時才有紅蘋果可以吃，她只知道蘋果很珍貴，是蘋果都好吃。

姬不喜歡金錢堆疊出的狂歡，像是勸酒喝下幾個月薪資的XO，終究要吐在馬桶裡給沖走，胃只是暫存的酒器，還要鬧一夜的頭疼。

有回她出席友人跟證券商的KTV聯誼，證券商拿著五百、千元大鈔當小費派，歌聲、昏光、酒拳下，服務生像跑馬燈繞著打轉，不停遞送的熱毛巾蒸得人心暖暖，朋友都醉倒在用錢堆疊的噓寒問暖。遞熱毛巾本是她空服員的例行工作，洗去旅客長程飛行的勞累。

在這，遞毛巾變成討賞，她無法不聯想到自己，如果錢像雪花灑落，她可願意像搖著尾巴的小狗，繞著金骨頭打轉？她挪動了一下挺直的身桿，怎麼坐都不舒服，藉口離開ＫＴＶ包廂。

出來她傳了簡訊給邀她來的學姊，小苓。「包廂空氣悶，我的隱形眼鏡乾，歌詞看不清，猛揉不舒服，我先走了。」她順著旋轉梯從挑高的二樓走下天花板掛著長串水晶玻璃燈的階梯，螺旋轉的頭暈，水晶球又折射多層暈彩，閃耀迷離，不適的雙眼更加朦朧，階梯踏的不太實在，她抓緊扶手一階一階下。她想看清楚天花板的水晶球是葡萄還是枇杷的形狀，仔細地對焦，漸漸清晰了，透穿了水晶球外圍的暈彩，是串垂涎可口的葡萄啊，到底是水晶製的葡萄，不是每個人都吞的下。

喉頭裡有噎住的感覺，她挺直腰身，順順氣。台北東區的霓虹交織成五彩網，燦爛的彩尾都有莊家在收線，釣回找樂子的紅男綠女。

「借酒澆愁，全為了澆熄心中挺不直、也倒不下的自尊，明明是極其挫折，想投降躺平，堅硬的自尊卻跟盔甲般撐起沒有靈魂的軀體，還好酒精能蒸發虛偽，就讓酒肉穿腸，沖刷無能為力的疙瘩及不痛快。」

這樣一番的大道理是姬身旁的男士跟她說的，「現在的我像是被蒸餾過的純液，平滑順口。」說著說著牽起姬的手，往他的下檔去，滑溜的唇舌也湊上。

她當然知道他的想法，但她可忘不了他是姐妹淘的先生，應太太要求送單身的姬妹妹安全返家，他可以糊塗的酒醒後忘了一切，她可不能。姬作醉酒狀，嘔出聲來，也嘔出對這位大哥的嫌惡。

他怎麼敢？他把太太、我當什麼？或許姬想多了，他眼裡根本沒有她們，在男人當家的商業世界裡，女人不過是獎盃座上繫的彩帶，什麼顏色都不會影響獎盃的含金量及雋刻的名次。姬把他的手放回方向盤，指前方亮晃晃的警示燈，警察在臨檢呢！

這天是她三十五歲的生日，她忘不了姐姐的貼心、也忘不了她先生的下流，這半小時車程冷熱交迭的身心桑拿，讓她對人又有了新的看法，一份難忘的生日禮物。

倒退

姬站在經濟艙的入口，笑臉盈盈的問候每一位登機的乘客，她擠出的笑容，符合公司規定，揚起45度角，但眼尾的線條僵硬，並不柔軟。她不喜歡飛美洲線，儘管她的飛齡有十三年，跟飛齡長達二十五年、三十年的資深學姐比起來，她像是稚齡的幼兒，只能服務經濟艙。

她很訝異這麼大齡還飛。聽說這些大嬸級的空服員大多離婚了，是因為婚後繼續飛，影響婚姻？還是離了婚，才繼續飛？姬想不通別人的邏輯，但是她一入行就下定決心，要嫁給機師或是搭商務艙的小開，功成身退地回到地面。因此她堅持百忍的努力飛行上萬個小時，期間送走多少半途而廢的學姐、學妹，才升格能服務商務艙。沒想到航空公司不景氣，又被打死不退的高齡空服員擠壓，竟回去服務經濟艙。

姬有點不忍地看大齡的學姐吹了氣的體型，緩慢移動在頭等艙、商務艙的身手，嘗試還原她們20年、甚至30年前，窈窕淑女的腰線，好讓服務經濟艙的自己舒坦些。不過姬回頭想，跟駕駛艙距離遠一點也好，機師都自栩是007的詹姆士・龐德，想蒐集全套遊戲牌卡般地蒐羅世界各國空姐牌，因此姬入行一年後，就對機師死了心。不過，他們確實是打情罵俏的好玩伴，會調情還喜歡製造些刺激，跟他們飛行一樣，挑戰凌駕在不同氣流的領空。這也是姬無聊時，偶而撩撥機師的原因。

「請問可不可以幫我裝八分滿的溫水？」姬轉頭應答時，發現這位男士似曾相識，一手接過奶瓶，一邊在她龐大的記憶庫裡搜索。

「Jackie 嗎？」對方盯了她的名牌確認。「真的是妳？我是馬克。」

姬腦海跳出，梳油頭拿著公事包，有點土氣的馬克。對照眼前發福，一副企業家沉穩持重的馬克，姬不可置信地遙想當年，又看看奶瓶，「你當爸爸啦？」

「是啊，我有兩個小孩，女兒一歲半還在喝奶，兒子都四歲了。」

「你們去美國玩啊？」

「我們回美國，現在我們住洛杉磯。」

「你們坐那？讓我把裝了溫水的奶瓶送過去。」

「好啊，我們在商務艙，順便介紹我太太給妳認識。」

馬克是她剛當空服員的商務艙乘客，常常跟父親一起到美國洽談生意，木木地帶點土氣，看到姬就傻笑。她還記得他穿藍襯衫、黑西褲，竟然配條淺褐色的腰帶。因為當時美洲線的華裔空服員不多，所以馬克和父親儘管坐商務艙，卻常到經濟艙找她要東西，聊天解悶，幾乎兩個月會碰到一次，後來聊成了朋友，偶爾約去酒吧喝酒聊天。

但姬從不單獨赴約，總帶著一票的空姊，電召馬克當司機接送，順便要他付酒帳。姬從不認為這是揩油，馬克只要付點錢，擔任司機，就能從枯燥的工作堆中轉身到美女群裡，還讓周遭男士羨慕的眼神狠狠地揪住馬克，那裡能找到這麼划算的差事呢？

姬當然明白馬克對她不只是朋友，還有一絲愛慕。姬剛飛上藍天，行情正好，在機組、客人前都是當成女神般被頂禮著，她才不自縛雙翼。況且馬克也不是真正獨當一面的小開，是唯命是從的乖兒子，姬對細節可是看得很清楚。

當姬帶著奶瓶往商務艙前進時，她有些唏噓，當年馬克跟她都是職場的菜鳥，姬還記得長途班機他不睡覺，紅著眼卻精神奕奕地蹩蹩在供餐區跟她長聊，談家族的國際貿易，眼中還帶些青澀。能平步上青雲，父親是最穩的墊背，現在他不是小跟班，帶著一家人穩坐在商務艙。我呢？十多年了，我不努力嗎，服務的艙等卻倒後退，從商務艙又回到經濟艙，我只是被歲月洪流淹沒的小卒，隻身難抵大環境啊。

孤單的夜

穿了及腳踝長大衣的姬，戴上紅狐狸圈的連衣帽，上妝的臉被包裹在豪華的毛皮下，看來雍容華貴。她走進大樓的電梯前，把手拖的行李箱放下，呼了一口氣，摀住發冷的鼻頭取暖，熱氣將乾冷的空氣化成一片煙霧，大門半掩，她趕緊入內把戶外攝氏2度的寒流關在門外，電梯按了六樓，轉過身面對牆鏡，把頭從大帽緣裡解放出來。頂一頭俏麗短髮的姬印在明亮的鏡上，姬卻陌生，她留波浪般的法拉頭已經很久，成為身份認證的一部份。可是最近照鏡子，總覺得那裡不對，她幾番擠出笑臉、或是豎眉瞪眼試圖從臉部表情的變化找出原因，卻都不能排除那種不對勁。

她上髮廊，跟髮型設計師Ken聊到最近纏繞心頭的不適感，髮型設計師端看了鏡中的她，從左走到右，再從右走到左，彷彿被難題考倒了，沈思了三十秒，帥哥設計師說話了：「地心引力啊」我們的心青春永駐，可是臉的線條跟地心引力妥協了。你看我蓄了短鬚，就是掩飾越來越深的法令紋。我的建議是「剪短髮，讓頭髮的輕盈轉移妳下沈的臉部線條。」

帥哥低沈帶磁性的聲音永遠那麼撫慰人心，他中懇的建議卻讓姬的淚在眼眶裡猛打轉。她想到前陣子媽媽找的相親對象，不是公務員就是單親的爸爸。再想到她要帶媽媽到醫院回診追蹤癌症，調動班表時，主管百般刁難；新進來的學妹只要哼唧一聲，主管變身聖誕老人，圓滿如願。姬過往對自己堅定的信仰，忽然崩潰了，美麗也會成往事？她現在到底在別人眼中是什麼模樣？她還能硬撐對自己無疑的驕傲嗎？

一滴豆大的淚珠落了下來。姬拿起桌前鑲著紅玫瑰的茶杯，喝下一口水果花茶，她嚐到了鹹味，世事都不對勁了，她卻冷靜。「Ken，幫我剪短，看起來愈年輕愈好！」

電梯門開，她走出去，門上掛了一個薰衣草製的紫色花環，地上蹲了一隻瓷製的小狗銜著Welcome的牌子，全然地陌生，她看一下門牌，六樓。對，這是紐約，不是台北，台北的家在六樓，紐約的家在10樓，她走進電梯，再摁下10樓的鍵。

鑰匙插入孔中，左扭、右扭就是轉不開門，這是姬的新居，也是她最近足以重建自信的驕傲，她在紐約買了房，雖然是一個房間的小套房，但是座落在世界的首善之區，還是讓人羨慕的。

有位空姐朋友跟男友分手，要拋售男友贈予的小套房，根據她的說法：「以血淚的青春換縮水的現金」講得姬都不好意思殺價了，倒是對方爽快，給她一個整數，簽合約時還嘆了一聲：「我是早死早超生啊！」

有些朋友委婉地勸她，房子都有氣場的，能住到分手，不多想想？姬覺得這些都是有錢人的藉口，東挑西揀，因為他們選擇多。這麼好的條件擺在眼前，姬不買，也有其他不知道故事的人買走。房子就是房子，我買來的就比她受饋贈的，來得骨子硬，氣場是住進去的人創造的。算命又說我八字硬，三十年來的磨難都過得去，還有什麼好怕的？

她用力將鑰匙扭右扭左，鑰匙似乎沒對到孔而空轉，她取下細看，發現是隻舊鑰匙。姬想起她換新鎖了，新鑰匙呢？清早從台灣飛美國離家時，還滴咕著包包太重，她從裡面翻出了一串不太熟悉的鑰匙，拿了起來，擱在台北家裡進門的鞋架上。

姬真是慌了，這樣冷淒的夜，她被鎖在自己的新居外。她只好搭電梯回到一樓，坐在一樓的待客沙發思考她的下一步。

夜寂清，沒有人進出。姬坐了一個小時，天花板的雙排日光燈發出滋滋的電流聲卻越來越清晰，慌亂的思緒下她沒有任何動作，她思考要住到飯店過夜呢，還是爬後門的消防梯從她家後窗台進入？

在深夜的紐約爬上10樓消防梯，雖然危險又狼狽，反正沒人認識我。後窗台沒鎖，爬上後窗台進入後，家裡還放了把備用鑰匙，才能解決鎖在門外的問題。姬清楚知道這是唯一的選擇。

姬換上手拖行李箱裡的低跟便靴，將行李箱暫放在10樓的樓梯間，坐電梯下一樓。她提起長大衣的下襬，綁緊腰帶，扣緊鈕扣，戴上紅狐狸帽圈的連衣帽，往大樓後面的防火巷走。她邊走邊張望，路旁巷內有沒有可疑的人物？白天，總有人群聚在這黑暗的巷弄，抽菸、聊天還是……姬從來不願意深想，她總是走正門，正門跟後門中間是安全地帶，那是姬的活動區域，她不管防火巷的閒事。

踩上防火救生梯，她才發現深夜裡鐵梯的露水是這麼沁寒，讓姬好幾次抓不住冷，從救生梯滑下。剛開始只是身子冷，後來凍到心底深處的發顫。她幾度打滑，掙扎要不要繼續攀爬上去：她濕透的手套已無力抓緊鐵桿，漂亮的短靴踩不住滑溜的鐵梯，她擔心深夜過後，會成為曝曬在街尾的無名屍；她也不敢往下看，怕自己懼高腳軟，懸在半空。

這時她倒有了新的領悟，自己像是牢獄的罪犯，爬一階階的鐵欄，像爬十八層地獄、想快爬出地獄的艱熬，卻是刀山火海，一階比一階更艱困。她想到目蓮救母的意志，她卻是為了救自己，姬顫抖的手腳歪扭著爬著，也問自己，為什麼我會淪落如此？如果我有個能倚靠的男人，他會陪我爬，甚至為我爬，不只爬上十樓，還會為我爬上帝國大廈。她在自問自答的黑暗中，哭花了她的濃妝、也哭花了她對堅持單身的信念。

意外的情感

姬穿空姐制服進出社區，像隻開屏的孔雀，連收發室愛打瞌睡的管理員，在姬進出時，都像是被屏尾的羽毛掃到般，癢得呵呵笑。交屋一年的大樓，要成立管理委員會，建設公司要提供管理基金給住戶，管理員勸姬的媽媽秀英推姬當主委，「像她這麼孝順又漂亮，不做國家的立委也該做大樓的主委。」

經醫生確認媽媽只是更年期的經期異常，沒有婦癌之虞，豁然開朗的媽媽經不起管理員的諂媚，硬拖姬代表自己出席籌備會議，姬不忍掃媽媽的興，只好答應了。

二樓住戶宣稱自己擁有外牆的產權，可以不經管委會的許可，賣給廣告商做廣告。姬認為大樓的二樓圍起電子廣告，嚴重破壞外觀，也造成光害，馬上提出異議。議場鴉雀無聲，只聽姬和二樓住戶尖銳的對話，甚至姬都聽得清楚自己的心跳聲。住戶都觀望，想看凶巴巴的二樓，能夠用吵搶來他主張的權益嗎？

姬想我們都是大樓的一部分，錢你賺走，光害、熱能、電波讓整棟住戶共同吸收，真像是機場的機霸，颱風天不起飛，還要鬧航空公司賠償。世界航空都認定天候是不可抗衡的飛行因素，從來都是接受事實，自己安排住宿、轉機等後續事宜，為什麼在台灣認為吵能改變事實？以往她袖手旁觀看機霸的鬧劇，總有公司高層會出來擺平。現在，她孤身奮戰，不想像旁人活得渾渾噩噩，等災難臨頭，再懊悔莫及，像是她朋友的公司，把樓頂租給多個基地台收租，老闆辦公室在頂樓，一年後罹癌，忙著悔約賠款，要電信公司把基地台全拔走。

中場休息時間，她到茶水間倒水，打算喝口水歇息，繼續全力抵制。排在她後面的男人，戴著銀邊眼鏡，底下藏不住一對靈活的大眼，他趁細細的水柱不急不徐地流進姬的茶杯時說，「別浪費氣力了，外牆是屬於全體住戶，二樓住戶的主張是毫無法律根據的。就如同我們討論總統府外牆可不可以登廣告，卻沒有所有權，只是茶餘飯後的吹噓罷了。」那冷冷的聲音就像風颼颼的貼在她的耳際。

姬轉過頭來看他，手上快滿的水杯差點濺到他，他的比喻很有意思，好像總統府是他的，大家圍著他家吵架。他對姬的凝視毫不閃躲，報以自信的微笑。「你住幾樓？我是六樓的姬。」「我是建設公司委託的律師人杉。」姬專注在討論議題，眼裡只有二樓的住戶，這才想起會議前有介紹過幾位建設公司的代表、法律顧問。她回到位子上，再也不發言了，反而和跟著她回位子的律師，聊了起來。

這回，議場反而喧鬧了，住戶們看不到期待的好戲，更將注意力放在姬的身上，她旁邊的人是誰？有人說是建設公司的老闆，有人說是她的男朋友，猜測變成了結論：姬的男朋友是建設公司的老闆。住戶說反正她有靠山，外牆產權爭議的輸贏不重要，建設公司多的是房子，頂多搬到別的地方住。這時，住戶緊張了，少了姬的辯駁，二樓繼續凌厲的發言，形勢一面倒向二樓，這時，有人接替姬舉手發言了。

再見賈柏斯

這次姬飛紐約，受朋友請託，買新上市的新款 iPhone 回台給朋友的男友當生日禮，台灣還沒上市，美國賣到缺貨，姬大意不得，回到小套房，放下行李，就往紐約第五大道的 Apple 專賣店前進，這家旗艦店是24小時營業，姬得趕快覆命，買不到也讓朋友早點應變。

蘋果就是有辦法讓這方地成為不夜城。

一片銀灰在牆上、地板延展，這裡像外太空的凹凸鏡，沒了空間向限、時間早晚。蘋果的服務人員個個掛著笑臉，殷切地幫客人們解答疑問，排隊的隊伍雖長，蘋果讓等待成為期待，分配排隊者到不同的體驗區感受耳機、畫筆的擬真感，每個人都置身在自己的世界裡，人多，卻無聲。

姬被引導到耳機區，她戴上耳機，拿起眼前的iphone一按，重搖滾樂大聲嘶吼著，嚇得趕快摘下耳機。她想像前一個使用者，可能是一個穿皮夾克、綁個小馬尾，手臂刺青的男生。她挪到隔壁，拿起耳機，閉眼一按，出現愛黛兒（Adele）的「哈囉」，可能是一個都會女子，經歷過感情的起伏，她也好奇她幾歲，在這站了多久，聽著這些一首又一首感傷的歌。

她對這些手機使用者的背景產生了好奇心，她跟他們無緣見面，卻接續著某種關係。這種關係像她承接了朋友的房子，她住在她的空間，姬時常想著她會跟我一樣，橫躺在沙發上，慵懶地側眼看電視嗎？上一個屋主，是不是延續上上個屋主同樣的擺設？還是重新裝修過？我應該重新設計空間，脫離上一段的關係嗎？姬有考慮過，可是上一個屋主用的傢具都是一線名牌，質感好，換掉可惜了，於是維持不變。可是使用別人的東西，那種聯想時不時就會跑出來困擾她，她泡在浴缸裡等熱水注入浸滿胸脯的空檔，嘩啦啦的水聲像是耳邊停不住的呢喃：「她也跟我一樣喜歡泡澡嗎？」姬總是想像上一個屋主住在這的模樣。

姬又換到下一個手機，她點入畫面，畫面是五月天的《倔強》，她嚇了一跳，是誰跟她一樣喜歡五月天?她更喜歡他的《叫我第一名》,她迫不急待地按下這首歌,耳機卻響著英文歌,她按了《知足》,《聽不到》,耳機仍停在同一首英文歌,旁邊卻響起「哈囉,小姐,妳按到我的 iPhone 了,妳的耳機是這一隻」,旁邊的男士,笑嘻嘻地指向她右前方的手機。姬的臉馬上燒紅得跟火焰一樣,連忙道歉,男士的英文流利沒口音,卻聽阿信的歌,姬忍不住打量他,看起來是華人。她用中文問「你也喜歡阿信?」對方回答「是。我們好像在那見過面?」姬瞬間對這男子失掉興趣,這種老掉牙的搭訕法什麼時候才能變出新花招?「妳是安琪的朋友,姬,對吧?我是賈柏斯。」姬抬頭瞪著他,想從他的面孔中找出蛛絲馬跡。她慢慢想起,他穿著黑色套頭衣,扮起賈柏斯的除夕夜,他們曾擁抱歡慶新年。那已經是去年的事了。

賈柏斯問姬格格近來可好?姬愣了一下,才想起她在除夕夜扮成清朝格格,頭頂帽子上的珠飾在合照時還卡到他的手錶,撥了老半天,才將他倆分開。想到這,姬的臉又紅了起來。

姬說好,你好不好呢?很好,剛跟女友分手,現在過著快樂的單身生活,他俏皮地眨眨眼。你也換新款的手機嗎?姬說幫朋友代買。我是自己用,我搞電腦的,新的都要試試看,這樣才不會脫節。我正猶豫不決,你幫我看看,什麼顏色好?賈柏斯拿著黑色、銀色、白色、香檳色的手機靠在臉旁，做出喜怒哀樂不同的表情，姬注意力全在他表情豐富的臉上，賈柏斯彷彿成了店內新款豔彩手機的代言人，光彩煥發，跟她初見時的單調黑白，成了兩個人，一年，手機進化了，人也進化了。姬習慣性攏了她的長髮，卻忘了她剪成短髮。

賈柏斯聽了姬的建議，買了銀灰色新手機，還邀請姬入鏡合影，他很禮貌的請示姬，這張是新機第一張開機照，我拿來做封面喔。姬來不及回答，他已經設定成封面了。賈柏斯買完說沒事，硬是陪姬排隊，最後他們各拿了一隻 iPhone 離開 Apple，到隔壁的酒吧喝一杯。

在 Apple 專賣店全白的燈、全白的背景下，走出提著 iPhone 白色提袋的賈柏斯和姬，他倆像黑色的雙飛燕，一會兒笑著向東歪，一會兒打鬧著向西傾。

姬的腳踝爬救火梯時扭傷，走動間隱隱作痛，她踮腳走，想快回家綁彈性繃帶支撐止痛。她想起最近一次使用彈性繃帶跟現在一樣是梅雨季，走出機場，小心翼翼看著地上有沒有缺德鬼亂丟的傘套，上次是一年前下大雨，百貨公司等計程車時，在大排長龍的候車隊伍前，踩到雨傘的透明防水套，那時她的高跟鞋像踩住蛋液，怎麼都抓不住地。百貨公司保全還上前扶她起來，她掙扎起身，長髮已濕漉結成一條一條的繩索，藏不住她狼狽的臉蛋，偏偏大雨車少，她只能像從樹上摔下來的猴子，杵在候車隊伍裡，讓回頭的人看得一清二楚。

她跟著其他的空服員排隊等接送的巴士回家，她注意到巴士旁有台黑色的賓士轎車，鳴了兩聲高低喇叭，像是吹花哨，等著某空姐在眾目睽睽的排隊長列前登車入座，好引起羨慕及騷動。姬翻了白眼，心想怎麼不開部靈車更招搖呢？收了傘準備登巴士，卻聽幾聲三長兩短的喇叭聲猛鳴，像警哨制止她上車，她嚇了一跳，瞪向那部車，卻看到一團笑意載著一對靈活的大眼，招手要她過去。這不是人杉嗎？姬收了傘往走廊的盡頭走，車也靠了過來。

「你怎麼會在這？」「我來接妳啊！」姬繼續走著，示意他把車開到轉角。

「喂，你接我有經過我的同意嗎？大搖大擺地把車停在小巴旁，排隊的人會怎麼想我啊？」向來是當律師的人杉吼人，這回換他愣住。「對不起，我跟妳道歉，雨大，妳先上來好嗎。」

姬獨立慣了，她主導生活，她不喜歡突如其來的意外，人杉的出現，像是一座突然浮現的安全島迫使她加速的車慢下，繞道改行。人杉是強勢的律師，總是要當事人順服他。他的案子，從沒輸過，除非當事人不聽他的；可這種案子他不會接，不打沒勝算的仗。他自認洞悉人性，女生誰不喜歡有大車接送，他繼續在機場堵了她幾次，姬堅持不上車，還讓他一路跟著巴士站站停車，跟到姬家。

人杉喜歡姬有主見自信，著迷她抗拒擺佈，他的車跟開在巴士能看到姬的那一側，當巴士靠站停車，他也停下車，在車內跟她微笑致意，姬居高臨下，撇下輕篾的笑，輕得讓人杉飛了起來，他迷上被控制的感覺。就這樣，他跟了姬個把月，默默地做賓士車的跟車司機。

姬下車後，會請他到巷口喝杯茶，問他吃飯了嗎？人杉更覺輕飄飄，本以為會討頓罵，沒想到她挺關心他的。姬覺得多了一個不聽話的跟屁蟲也無礙，想知道他多有耐心，到底什麼時候會放棄這場攻不克的戰役。人杉是一個可以談心聊天的朋友，有深度、想法，也不像城市的人急功近利，至少這幾次，喝完茶，他都是目送她上樓回去，沒有續攤的要求。

人杉不知道姬不是物慾的女人，大多人都認為空姐沒大腦，愛慕虛榮，她周遭很多人是，她不是，她不需要對任何人解釋。她在這本份工作，存出一棟棟的安全感及成就感。

人杉在律師樓，看過走進來的當事人，有叱咤風雲的人物，在他面前，全畏縮成亂了陣腳的小孩，無數荒謬的案子，比戲劇還荒誕，比方說名婦產科醫生欺負墮胎的小明星，窮學生省錢共乘，卻被共乘者嫁禍攜帶毒品……，他知道真相，但法律重視人、事、物證確鑿，只要有呈堂證供，自己又提不出有利的證據，真相就石沈大海，只剩當事人白費力氣載浮載沉，遲早滅頂的。他義憤填膺，曾經被黑道威脅打破頭，縫了八針，躺在醫院幾天，還誓言對抗到底。所以當姬在車上對人杉說，「我們不適合，我爸爸是負債落跑的黑道，與你家書香門第配不起來，你別惹麻煩了！」

人杉常在風裡去火裡來，為上門求助的當事人赴湯蹈火，他更想幫他心愛的女人！

「那妳更需要我，我是律師，可以解決任何問題。」

那瞬間，姬的冷血被人杉的真情完全熔化了，她很想倒在他的懷裡，他期待一個有擔當的肩膀很久了。可是姬已經跟公司說好要留職停薪一年，她答應賈柏斯的請求，到紐約短期進修藝術設計。飛了十幾年，她飛得好累，時差不像以前能馬上調適，她開始吃安眠藥，經期大亂，以前引以為傲的好皮膚也開始成串的冒豆子，被厚厚的蓋斑膏掩飾成像一堆鳥糞。她覺得哪裡都不對勁，她這隻色彩斑斕的孔雀怎麼脫毛了？是一成不變的工作慢慢謀殺了她？她能屈膝服務飛客一輩子嗎？她想發展一技之長，轉成規律上下班的白領族，發展正常穩定的情感。進修轉型是最好的機會，她不能放棄夢想。雖然內心波濤洶湧，只好節制情感，不動聲色，其實已戀上人杉。

傷感的海岸健走

賈柏斯跟姬約在中央公園健走，姬一身運動裝備，在公園入口伸展手腳暖身。一台銀色保時捷跑車停在她的眼前，賈柏斯搖窗要姬上車，後面的交通警察揮手驅逐，示意紅線區勿停，姬被迫飛快跳上跑車。

「不是要健走嗎？」「是啊，我帶你到長島延著海岸線走，那裡有海濤拍擊礁石聲、還有海鷗振翅啼叫聲，比中央公園的蟲鳴鳥叫更近大自然。」

姬坐過雙B轎跑車，保時捷還是頭一遭，裡面的金屬線條、皮革的香味都散發出男人的陽剛氣。

車子出了曼哈頓，進入長島，有種從烏煙瘴氣進入室外桃源的清新感。賈柏斯一路導覽，從猶太人的住宅密集區、到蔣宋美齡、作家傑佛瑞茲（Fitzgerald）的舊居，到名流群聚的私人海灘住宅區，他像稱職的導遊、也像歷史老師，把典故、特色一一說明，還會不時的停車，帶姬四處走走，撫摸舊址、嗅聞百年前同樣清新的空氣，還說，我們雖不是他們，但我們也踏在他們的腳印上。姬看著賈柏斯的激昂，忽然覺得自己往偉大的方向移近，甚至慢慢地合拍了。

浪潮拍打石礁的聲音、一波一波像進行曲，姬和賈柏斯快走在沿海步道，心跳也像波濤，有高潮起落，澎湃洶湧。姬記得小時候，跟爸爸、媽媽到福隆海灘游泳，那是少數爸爸有現身的記憶。陽光絢爛，海灘有著無數的大花傘、浴巾，好像一個大型嘉年華會，也像是兒童樂園，姬在迭起的海水中，被爸爸抱起，跟爸爸乘風破浪，她騎在爸爸肩頭，遠眺海景，看著浪直直向他們推來，警告爸爸，浪來了，跳高高！他們挺過了無數巨濤，但姬也不免被撲面的海潮嗆到，鼻腔裡海水竟是鹹的，姬第一次知道海水跟河水的味道不一樣。這樣的記憶在爸爸將她送交媽媽，要去買飲料休息一下時，像電視瞬間跳電一樣嘎然而止。

她坐在沙灘的浴巾上等，看著每個走過來的爸爸，但她再也找不到那張熟悉的臉，事實上，她懷疑她真的能認出那張臉嗎？當時五歲的她是肯定的，隨著歲月流逝，爸爸印象模糊，已成一個代名詞。若說還有形象，就是她等著等著，聽到救生員喊著要大家讓開，抱著一個小孩，放在海灘上，上下壓胸做著嘴對嘴人工呼吸。姬好奇，特別繞到一旁看，周遭只聽救生員急喘的吸氣呼氣聲，一直到呼吸愈來愈長，救生員喊「沒辦法了！」姬聽得淒厲的哭聲劃破天際，「你不能丟下媽媽走啊！」她沒膽看那個媽媽，反而細細瞄了一下那個小孩，頭髮浸濕、唇臉發白，一動也不動，衣服上有個濕濕皺皺的哆啦A夢，那幕形象取代了她等待的爸爸。

媽媽最後找到她，拉著她離開現場，問她看見什麼了？還唸唸有詞，「阿彌陀佛，希望小孩什麼都沒看見，穢氣！」姬看著地上的細黃沙，低低地搖頭。

大海是她童年少數帶來喜樂、憂傷的地方，同時兩種極端感受，反差極大，那一天她經歷了生離、死別，好像自己也活過、死去。她憋住了內心的感覺，跟著媽媽走離了大海，浪潮聲在後面追趕，她覺得躺在沙灘上的孩子是她。

今天是另一個她有好感的男人，無預警地帶她來到傷心地，姬的心情複雜，她怕一個轉眼，能倚靠的男人就不見了。到現在她還不敢問媽媽為什麼爸爸那天就忽然消失了？她和媽媽像是活在一個水晶泡泡裡，自成一格的童話故事，只要不提爸爸，她們幸福快樂。

天上有振翅拍翼的鳥，飛得時高時低，發出「咿、咿」的尖銳聲，如馬的嘶吼，響徹雲霄，一點也不像是小小鳥類能發出的聲音。賈柏斯說它是海鷗，並介紹旁邊停在岸邊石柱的大喙鳥，這就是歐洲童話裡的送子鳥，叫鵜鶘，賈柏斯說我們都是它啣來的，像聖誕老公公賜給父母的禮物。

姬問過媽媽自己怎麼來的，她說是石頭迸出來的，她總聯想自己是孫悟空的妹妹，相信所有的孩子都是孫猴子的同類，狂野任性。賈柏斯的說法，讓她覺得自己是神聖的，是一份誠心期盼下得來的珍貴禮物。

海岸線上健跑、健行的人互相通過，儘管陌生，彼此揮手打招呼，像是土地串聯起了四面八方的友誼。姬忽然被強壯的手臂一把擁入懷中，又輕輕地鬆開，她臉紅，已經置身在賈柏斯的身前。「小心，旁邊有直排滑輪的青少年！」這種貼心卻不侵犯的小舉動，讓姬的臉時不時就泛紅。賈柏斯問她，妳會溜直排輪嗎？姬記得小時候，在公園的滑冰場溜過四輪的溜冰鞋，她如實的告訴他，他說是冰刀滑冰嗎？姬比手畫腳的解釋，賈柏斯不能理解，似乎美國沒有這樣的溜冰鞋，姬好笑，再解釋，更顯示她是個舊年代的人，儘管他倆年齡相仿，美國跟台灣還是兩個世界、兩個不一樣的童年。

姬的抉擇

人杉出其不意的到機場接機，陪著剛下機，身心疲憊的姬說話、提神，再送她回家。幾回後，姬慢慢地習慣了他的接送。人杉身為律師，有著光怪陸離的見聞，姬在世界各地，也看到各種怪象，像是這次從紐約飛大阪，就有客人在機艙關大燈後，偷偷在放行李頂艙的兩頭，架起曬衣線，還自備曬衣夾，晾了兩條毛巾，水滴滴答答地滴在走道，說是方便擦臉醒腦用。我的天啊，農村的曬衣文化也能搬到機上？姬出面勸說時，看到機艙「旗正飄飄」，自己也忍不住笑場。人杉也說了個案子，吃完尾牙醉酒的朋友，響應酒駕不上路，車停在路邊停車格睡覺。結果第二天，警察大力敲門要盤檢。他說我沒酒駕，停在劃線停車格，憑什麼查我？警察說，你停在大馬路的白線待轉格裡，嚴重阻礙交通，當然要罰。兩人說完，哈哈大笑，彼此分頭在波濤洶湧的職場上乘風破浪，越過一波又一波迭起的浪頭，工作的苦，都在兩人聲浪中轉成笑語。

人杉說話霸氣，喜歡推論眼前的人事物，分析得不無道理，但口氣總是肯定句，顯得狂傲，這點讓姬不太舒服。

「看看前面的車，駕駛一定是別人的小三。」

「奇怪了，女人不能買賓士開，這是什麼謬論？」姬氣得跟人杉槓上了。

「如果是自己買的，會開C系列，開爸爸的車是S系列，如果是男人饋贈的就是E系列。不信我們開到前面看，是什麼樣的人開車？」

「如果不是呢？」姬冷冷地訕笑他。

「那如果是的話，妳要嫁給我！」姬沒料到人杉會提出這種請求，如果拒絕，就是不戰先屈，她嚥不下女人被視作寄生蟲的屈辱，況且他怎麼證明，難道他要下車開口問？現在高速行駛，車速五十，諒他無法說停就停。

「好啊！你怎麼證明？」姬了解人杉律師先聲奪人的伎倆，又拿不準他會不會有瘋狂的舉止？「如果你問不出來，那你人杉跟我姓！」姬估量人杉好歹是個知名律師，不會用自己的姓開玩笑。

人杉眼睛一亮，眉毛一挑，「我下去問！」

他彷彿目中無人，超車加速，切換車道，姬被幾次急煞車、猛起步，晃得頭暈作嘔，傾斜的身子抓緊了門邊把手，車轉眼已挨在賓士車的旁邊，人杉拉了手煞車急停，開門下車。

姬看到駕駛座的確是個女人，旁邊坐著魁梧的男子，一臉嚴肅，她用盡全力拉住人杉，「她是不是小三，跟我們有關係嗎?真值得問嗎?」姬的心就快跳出來，聲音有些顫抖，勸人杉別衝動。

人杉轉身看到本來高高在上的姬，變成好言相勸的小女人，像是一種撒嬌、更像是示弱，拗不過她的柔情，他溫柔地看著姬：「就聽妳的!」

姬看到人杉可以不顧安危，要「姬嫁給他的賭注」成真，也看到他逞強好鬥的一面，過去的日子已經動盪不安，她害怕承擔任何突發的變數釀成的意外，卻也意識到，他的深情、他想成家的意願，是姬現階段無法給予的。

姬在感情上向來理智，碰到人杉的不折不撓，甚至不按理出牌，有點亂了手腳。見面時都不能預期會發生甚麼瘋狂的事件，就像是飛機迫降在不預期的大海或陸地一樣的令人屏息。姬飛了這麼久，在媽媽燒香拜佛中平安度過，還是碰上了緊急狀況。

人杉是座大山，崎嶇不平的性情，讓他黑白通吃，也可能腹背受敵，讓姬隨時擔心撞山墜毀。她要穩定的時速，恆常的關係。爸爸突然地來去，就撞亂了母女生活的定速，從絕望到升起一絲希望，牽動的情緒，死而復生，生而復死。死後的輪迴若是這樣，她寧可投胎做畜生，她的心被爸爸折磨地已無期待，媽媽卻傻傻地苦等，「總有一天他會回家的！」她討厭沒有安全感的關係，不管是親情還是愛情，自己漂泊這麼久，她也等待時機下機著陸，脫離天際，再不需要知道下一站飛哪裡了。

姬常閉起眼自行演習，想像前後方緊急出口的方向，如何指揮乘客從出入口疏散、逃生。擔任空服員開始，姬就簽了工作的保險契約，她明白這就是間接的生死狀，每回氣流不穩，「九死一生」四個大字，就如飛機難以穿越的厚積雲層從腦海強行通過。她不服自己動盪的命運，特別去算命，算命師說她六親無靠，三十到四十歲有大劫，若能過關就能享後福。她不害怕，反正三十年的苦難都過去了，不過就是苦命一條，她當這世來報恩，還媽媽的養育之恩。

媽媽的辛苦委屈，都在她賺錢買房，改善家計後得到平反。以前街坊鄰居還叫她阿梅，現在都叫她鄭太太，雖然還揹著負心男人爸爸的姓氏，可是稱呼有了規格，媽媽走路的儀態也不一樣了。她想自己若因墜機見上帝，媽媽能拿到巨額賠償金，足夠好好過下半輩子，而她也能跟不戀棧的現世說掰掰。

曾經有人問她怎麼不穿耳洞？「我下輩子要投胎做男人，愛家疼老婆的真男人，有氣魄的男子漢，才不畏畏縮縮，闖禍就丟下爛攤，讓妻女受苦。」

姬知道人杉是認真的，卻害怕這種感覺，憑哪點呢，她不值得這樣好的對待。他的條件這麼優，怎麼會看上我呢？不過是新鮮罷了。她不是無知的少女，不會被幻覺迷惑，分不出真假。愛情都是假的，婚嫁才是真的，人杉跟我門不當戶不對，能過的了他父母那關嗎？我才不會投入一場沒結果的愛情。

算命說她六親無靠，夫妻緣薄，適合出外遇貴人打天下，再衣錦榮歸還鄉。事實上她也是如此過日子的，飛到距家鄉十萬八千里的天際，攢下血汗錢，回來孝養榮耀母親，命真是半點不由人呀。在台灣，像活在虛無飄渺的枷鎖裡，她不敢擁抱擁有，深怕一用力就碎了。或許到了海外，她可以掙脫命理的方位，姬決定割捨台灣的一切，到美國闖闖。

分離對姬是必然的結果，可是對投入感情的人杉卻是很大的衝擊，姬不想增添變數，她只淡淡地說計畫去紐約進修商業設計。人杉瞬間鈍了他的伶牙利齒，過了半响才反應。「我可以申請假扣押，讓妳禁止出境。」說時還得意地露齒而笑。姬不願接受任何人的梏桎，內心隱藏的反骨讓她更確認了自己出行的意願，她輕輕地對人杉笑說，「喔，真的好怕啊！」

在姬搭機去美進修的前一天，人杉從機場接了姬回家，這也是姬飛行的最後一天，她留職停薪，卻守口如瓶，幾乎沒有人知道，她不知道自己的歸期，豈能期待同事的送行？

他們去了雜誌評選的牛肉麵店，品頭論足了牛肉、牛筋、到麵條的口感，還分別打了分數，翻開時都是98分，這恐怕是戀愛的甜度，跟牛肉無關。

人杉送姬到家門口，他們依例在車上小聊。姬開始有一種時光錯置的感覺，覺得時間、外頭旁邊行經的人車，好快、好快；車內，人杉的一顰一笑、一言一行卻像脫離時間軌道，好慢、好慢。姬吞忍心裡的感受，聆聽人杉笑談工作的趣聞，看著他，心底自喃了起來：

「你可以體諒我的苦心嗎？那叫殘酷的溫柔，在未來不明的狀況下，有可能是終止，我想讓最美的那段時光在歲月裡定格。

你是幸福的，不知情這是最後一夜，在互道晚安的最後一刻，還是喜悅幸福的；但我是知情的，強顏歡笑地跟你度過如常的每一刻。我很專注地看著你，將一切種種都刻進心上，即使我留不住這段情感，也能留下一段銘記。」

人杉覺得今晚盯著他看的的姬特別放鬆，特別嫵媚，他鼓起勇氣開口要求臨別的擁抱，他們雖親近，卻還沒有身體的接觸，姬笑了笑，點點頭，人杉一把擁她入懷，那不只圓了人山的夢，何嘗不是圓姬的夢。貼身擁抱的時間很短，能倚靠的感覺卻那麼美好，姬依偎在一個很寬闊的胸膛上。

姬回家刻意不搭電梯，從一樓爬上六樓。她二樓、三樓、四樓、五樓、六樓一盞盞打開廊燈再關上，就像心裡幽渺的燈火才受氧點上，又被無情地強制撲滅。那種衝擊、無助，讓她幾度是扶牆而走的。姬不住的墊高腳，向二樓、三樓、四樓、五樓、六樓的氣窗偷瞥，想多再看人杉一眼。淚早糊了雙眼，她卻掛心人杉會看到她的悲傷。到家時，她跟人杉揮手，遠遠地、安心地看到他依依不捨的笑容。

離開台灣前的夜晚，姬寫給人杉的告別信，信上滿是淚痕，衛生紙都吸不乾……最後封信時，燃燒流淌的紅蠟滴下，像塊姬心裡濃稠流不動的凝血，她用鋼印壓下去封口，她覺得用的是身上的最後一口氣，封住了她對人杉付出的情感。

紐約新生活

紐約的藍天飄動著像印象派幾何線條的雲朵，快速來聚，旋即散開。姬拿著三明治坐在校區花園旁的木椅上，看著天空的變幻。設計老師說美就是心裡的感受，她試著描繪看到的景：有時像把飛擲的鐮刀，有時像書法永字八法的撇捺，有時像咖啡奶泡的拉花，層層疊疊的，中間會透出太陽般的笑臉，或一顆滾邊的花心。姬體會，要靜下來，完全的放鬆，想像力才會奔騰如野馬。

她學生時代就到餐廳打工：學校、餐廳、家，每天都跟時間賽跑，三地趕公車、趕上學、趕上班。家，嚴格來說等同睡覺的床，哪有閒情逸致看天看地？只注意天陰不陰，要不要帶傘。現在有片刻的寧靜，她置身在大地的空白裡，緊緊的盯著雲朵，享受這份晚來的奢侈，希望守住飄過的每一朵。她失望了，走了一朵，又迎來更夢幻出世的一朵。姬詫異上帝聽到她的聲音，俏皮地跟她作了交換，她想媽媽如果在這就好了，媽媽喜歡聽她聲作俱佳的說故事，每每看到媽媽被她逗得樂不可支，姬開懷，動作就越誇張，母女的笑聲像音符，在空間唱歌。上次跟媽媽通話，她最近常跟公園運動的朋友進香、跟鄰里組織的旅遊團出遊，好像少了她這個牽絆，身子、思想都輕盈了，大江南北跑。以往哪裡都不去，閉鎖的很，當然經歷了子宮癌誤判事件，對生死有了新的體悟，也有影響。

姬跟媽媽的關係很微妙，彼此依附，像插花之於水，花靠水維持生命，卻不生根，瓶中透明的水沒有鮮豔茂盛的花朵綻放，也顯不出水的色彩。花謝了，水倒掉，疏歸異途，就像她倆很親又很疏離，彼此沒有交集，不談內心感受，總是用猜，用揣測的，是不是彼此想像的？姬也不知道。從小就這樣過來，未來也繼續延續，反正這已成為固定的模式。

這次她決心來美進修設計，還怕媽媽會阻攔，沒想到媽媽聽完鬆了一大口氣，說別擔心，等著她學成歸國。姬很詫異媽媽的反應，或許媽媽能忍受一個人長久的孤寂，也不願提心吊膽地看著她飛進飛出吧。害怕失去竟比孤單還駭人！

設計的課雖忙，但老師常鼓勵學生到博物館、美術館看展，汲取前人的養分，再創新注入在自己的作品裡。以前姬的創作以臨摹居多，她的教授來自德國，頂著跟愛因斯坦一樣的亂髮，老是揮舞著手上的簡報棒，對大家說：要破壞才能創新！說話時一頭鬈髮搖晃得厲害，像是為他的發言鼓掌。在設計上姬還在領悟這句話的境界，然而她已是這句話的實踐者，姬不就是推翻了安逸的現況，到美國開始新生活的嗎？

會錯意

脫掉空姐亮麗的制服，姬成為單純的學生，沒有識別標誌在身，走路不需抬頭挺胸，她放眼周遭細小的事物，體驗賈柏斯說的「活在當下」。他是虔誠的天主教徒，不信來生，只相信自己的罪自己贖。他的爺爺是天主教會贊助，早期來美的中國建築師，父親在美國出生長大，返國時認識了母親，兩人價值觀差得太遠，結婚未久就離婚了，媽媽放棄他跟姐姐，爸爸帶他倆回美國給奶奶照顧，自己則二婚另組家庭。沒想到爺爺早逝，賈柏斯就跟姐姐、奶奶相依為命。在女人堆中長大，他學習了奶奶的堅毅，也有姐姐的順從、禮讓，他當然了解沒有爸媽的痛楚。

「所以你對媽媽沒有恨嗎？」在大海旁公園的大樹下，賈柏斯教姬屏息打坐，姬忽然睜開眼問了一句。

「妳聽沙灘上的海鳥，聽到它的啼叫聲嗎？」他倆併肩在樹下運氣，賈柏斯閉眼回答。

姬看了有二十尺遠的海灘，「這麼遠，怎麼聽得到呢？」

「小孩跟老人都聽得到，我們被世俗的雜務屏障，眼耳都關閉了。靜下來，深呼吸、吐氣，仔細聆聽，妳會聽到的。」

姬閉上眼，盤坐，將兩肩放鬆，雙手抱在腿上，深吸、吐氣，試著聽出什麼。慢慢地她似乎聽到鳥叫、再仔細聽，似乎有振翅的聲音，而後，她發覺她坐在一棵充滿蟬叫聲的樹下。

姬的心慢慢開展，她的耳裡充斥著蟲鳴鳥叫，鼻裡有的是香草花香。長期以來，她習慣冷眼旁觀，看到的都是自己重視的東西，其他的，像是不存在。這回，大自然吸納了她，契合了天地的律動，腦子的理性退場，聽覺、嗅覺、觸覺等五感主導了現在的她。

賈柏斯常帶姬出席他朋友的聚會，「這是台灣的女神——姬，來紐約唸設計。」姬喜歡這種有點距離的介紹方式，好像她只是他的朋友，人人都可照顧她；也有點慌，他對彼此關係的認定，只是朋友嗎？

這回，賈柏斯接姬上車前，買了一大束粉紅的玫瑰，要姬幫忙拿，參加朋友的生日派對。

姬像新娘捧著玫瑰進場，餐廳的朋友們耳鬢斯磨地貼臉問好。有些認識，有些陌生，姬一一向他們貼臉回禮。前方一位一米七的女郎，穿黑色全身包到腳踝的緊身衣，腰間鏤空薄紗，走起路來，腰細的像要斷掉似的，疾步向賈柏斯走來。她抱得很深，在賈柏斯懷中撒嬌著「怎麼這麼晚才到？」賈柏斯一臉笑意，從姬的手上拿起玫瑰，「這是妳要的。」她喜滋滋地收下，「你就是這麼Sweet!」她拉著賈柏斯直往前走。「大家都等你呢，我幫你介紹幾位新朋友！」

姬原本的微笑僵在他們遠離的風中，原來我只是裝花的容器！她拍了拍空心的手，空姐彷彿瞬間上身，她挺直了腰，手順服地收在大腿兩側，腦中只有那女的勾心攝魂的媚眼。姬好久沒有言不由衷的笑了，她看到牆上裱框玻璃的反光，自己笑得臉頰微微抽動，雖然眼角透出淚光，她還算滿意自己的表現。

在美國，哪裡是避風港？廁所。姬喃喃地自問自答，她進了廁所，鎖上門，坐在馬桶蓋上，頭垂下，埋在空心的手裡。

姬浸淫在前塵往事中，為什麼她到了紐約？為什麼她又會來這個派對？為什麼最終一個人在廁所裡哭泣？她想起跟賈柏斯第一次在紐約時代廣場的新年派對上的擁抱；在蘋果旗艦店買完手機，相偕到酒吧喝一杯；在長島延著海岸線的健跑；在海岸公園大樹下併肩靜坐……

「Jackie在嗎？這裡有Jackie嗎？」有人大力猛擊她的門。

「如果Jackie在，請出聲回應。」門越敲越大聲，她看到幾個人影在門底下晃動，

「呃！」姬吞下淚，不情願地哼了一下。

「賈柏斯在外面等妳呢，說妳不在場，他不切蛋糕！」

「他是壽星，我們全等妳開動呢！」幾個女生七嘴八舌在外面喊話。

他的生日？今天是他的生日？他怎麼沒說？「今天是誰的生日派對？」門內傳出姬的聲音。

「賈柏斯啊！他帶妳來，妳怎麼會不知道？」姬更迷惑了，不是那個女人生日嗎？她撕了衛生紙，點按臉上兩條細汩的眼淚，不讓眼線暈花。

「妳們先出去，給我三分鐘。」姬豎起耳朵，聽高跟鞋紛紛走遠，好一陣子沒了聲息，她才起身。

拉平了上縮的裙子，嘴唇露牙，對鏡子淺笑，深吸一口氣，她回到空姐姬的軀殼。聽到廁所外傳來，賈柏斯慣常清喉嚨的聲音就在門外，她確知自己沒有被遺忘。

「今天是我的四十歲生日，我跟大家正式介紹姬——我的女朋友。」大伙吹花

哨起鬨，要賈柏斯吻姬。姬偷瞄那個女人的反應，只見她鼻翼臉頰微微抽動，嘴角不自然的上下牽扯，看不出是笑是哭，在大家的笑鬧聲中，她悄悄地退到角落。賈柏斯緊緊地攬住姬，在眾人矚目下，獻上他深情的吻。

三個女人的新生——姬

在診間等了快一個小時，前面的病人卻還沒出來。姬不禁要猜想，有什麼緊急狀況？還是醫生去接生了？

姬擔心會迷路，提早出門，趕地鐵轉公車，抵達紐約這間有華人女醫師駐診的婦產科診所，整整早到一個小時，她不想這麼早踏進診所。附近沒有店家，又不熟這個區域，她在門外徘徊。戶外大雪飛揚，白色雪花覆在頭髮、大衣上，她縮起身逆風走，風吹得緊，她咳了起來，不經意看到旁邊的櫥窗，反射出的影像，像是蒼白的茶花女憂傷地踱步著，她不由得加快了腳步，躲開鏡中的自己。她試著甩去頭上的白雪，雪片下滑，又到了大衣上，她知道再抖也抖不去心頭的雪霜。推門進去前，她深呼吸，在玻璃門上吐出一道熱氣，朦朧中，前方竟成了一片霧區。

早到的一個小時她專心地模擬醫生可能會問她的問題。比方說：有沒有懷孕經驗？也在推演著檢驗結果的可能性及應對方式。可是，等得實在太久，她演練的答案不僅背得滾瓜爛熟，甚至也逼真地鑲印在記憶，彷彿曾經發生，她像是走入自己編造的世界，開始抬頭觀察周遭一起候診的婦女，玩起猜謎遊戲：對面，斜靠在沙發翻雜誌，大肚子合不攏雙腿的孕婦——被男朋友拋棄、莊敬自強的未婚媽媽？左邊，滿臉通紅，拿扇子前後急搧，似乎能噴出火——更年期的狼虎慾女？姬自覺坐在這群不修邊幅的女人堆，就像蓮花開在污水泥塘中，一支獨秀。想著，她露出自滿的微笑。

透明的玻璃窗外，走進了一位戴著毛呢帽的小姐，王雅芬，進門後在腳踏墊上，踩啊踩，抖落長靴上的雪。掛號後，走入候診區，空位都被候診婦女的包包、大衣盤據，姬注意到王雅芬的尷尬，移開旁邊的白色大衣及麂皮手套、將手拿包放在腿上，讓出一個位子給王雅芬，王雅芬點了頭謝她，坐了下來。

無聊的姬把注意力轉移到王雅芬的身上。坐定後，王雅芬拿出包包裡的書翻閱，身子挺直地像隻筆。姬瞥了一下，〈微觀經濟學〉，是個學生呢，包準是壓力大，經期不準。姬憑自己的經驗私自診斷了起來，她剛當空姐的時候，時差、長期飛行的壓力，也曾為遲延的經期擔憂過。

「這樣的天書，我一輩子都讀不通呢。」

奇怪，王雅芬沒有反應。姬忍不住轉過頭打量她。王雅芬把頭埋在書裡，喃喃作聲，似乎讀得很專注。她再探頭挨近看，卻發現一雙沾了淚的雙眼。姬向來喜歡和陌生人聊天，以幽默的問話來打破兩人的冰牆，脫離自己的時空，進入別人的世界轉移獨處的焦慮。向來都能破冰成功，這次卻失敗了，姬愣住，是這句嘲諷的玩笑話把王雅芬弄哭的嗎？

她從皮包抽出一張面紙遞給王雅芬，在書的縫隙下，她看到一張男生的照片，照片裡的形貌她看不清楚，炭黑邃亮的皮膚卻像成千上萬的蝙蝠，包圍、進攻她。媽媽叮嚀過的話閃出腦海，「妳最好不要嫁老外，千萬不要找黑人，你的嬰囝的血脈會洗十代都洗不清。」她忽然了解媽媽的擔心，也明白王雅芬，為什麼會握緊照片無助地掉眼淚。

王雅芬左手接過面紙時，右手快速地把照片翻轉過來，用力按掉了淚水，看一下姬，「妳是台灣來的嗎？」王雅芬無助的眼，閃出希望之光，嘴唇顫抖地像還有話要說。

姬點頭。「聽妳的口音，妳也是吧？」王雅芬的眼淚接著像水龍頭連串滴落。

姬壓低聲音問王雅芬，「妳還好嗎？需要幫助嗎？」連抽了兩張面紙給她。

王雅芬咬著嘴唇發顫，一副欲言又止，又不知從何說起的茫然。姬拍拍她，「慢慢來。」

「Jackie Cheng！」護士大聲喊姬的名字。診間終於走出一個穿著繡花棉襖的女人，比手劃腳地緊跟著走出的女醫師交談。姬趕快寫了電話號碼給王雅芬，我叫賈姬，保重了，有事打電話給我，就進了診間。

護士量了她的血壓、心跳，要她坐在診檯上稍等醫師。她看著死白的日光燈，映著牆上子宮受孕九個月的剖面圖，看著胎兒從一棵米粒大，膨脹成有頭有腳的小人兒，感覺到自己平坦的小腹急速撐開的繃裂感。

來美國進修前，她自傲青春美貌，像朵華麗盛開的重瓣玫瑰，花常開、瓣飛舞，乘風而行、隨機留情。十幾年的花蝴蝶生涯跟她空姐的飛航經驗，向來是平安落地，這趟落地的美國行，卻如亂流突襲，上下顛簸，無法著地，她當然希望有驚無險，能迫降成功。

醫生問她來訪的目的？上次月事是幾號來？有沒有懷孕經驗？幾次流產？幾次

生育？有沒有避孕？她開始背誦剛剛編造的台詞，刻意隱藏了年少時期的幾次流產。她試著不看醫生，飄忽的眼神藏在流利的謊言下。

我是空姐，長期飛，經期向來不準，最近辭職來紐約念書，不知道是不是課業壓力大，實在太久沒來了，讓醫師檢查一下比較放心。她偷瞄醫生的反應，女醫生盯著她的病歷逐項看，不發一語。忽然，開口，妳幾歲？

姬愣住，難道我不像我填的年齡嗎？她在不同的國度，有不同的年紀。老美看不出亞洲人的年紀，所以就是24歲；對唬不住的亞洲人，就維持在26歲；在老家台灣對外宣稱，永遠的28歲。她已經太習慣瞎掰年齡，甚至都忘了自己真實的年紀，只記得是1979年出生的。今年是2015，那我是36歲囉？姬小心地在心裡驗算實際年齡。

女醫師看她久不做聲，乾脆將病歷及筆整個遞給她。「妳忘了填出生年月日。」姬倒抽一口氣，原來如此，驚悟自己的大驚小怪，還以為是保養不好，醫師不相信我寫的年紀呢。

醫師抽了她一管血，要她15分鐘後等報告。她走出診間坐回老位子，旁邊的王雅芬已不見蹤影，外面的雪花層層疊疊地落下，顯得純潔寂靜。她的腦海裡佈滿抽血針筒的鮮紅色，豔紅是她最喜愛的顏色，她這朵日不落的紅玫瑰，將被埋葬在紐約片片的雪花中嗎？

穿繡花棉襖的女人，仍舊緊攀櫃台小姐交談，聲音時大時小，惹得姬不由得抬頭看。她的眼神急切，聲調激動，似乎要在靜默的候診室擂起鼓來。姬隱約聽到，這胎不能要，國內不准有第二胎。櫃台小姐勸她。既然聖靈賜給我們新生命，我們就該讓他引導我們的生活。妳可以選擇留下來美國生產，讓我幫妳轉介給社工，好嗎？

櫃台小姐說話的聲音像聖母一樣慈祥，脖子上的十字架光芒耀眼，在姬的眼裡，閃呀閃。

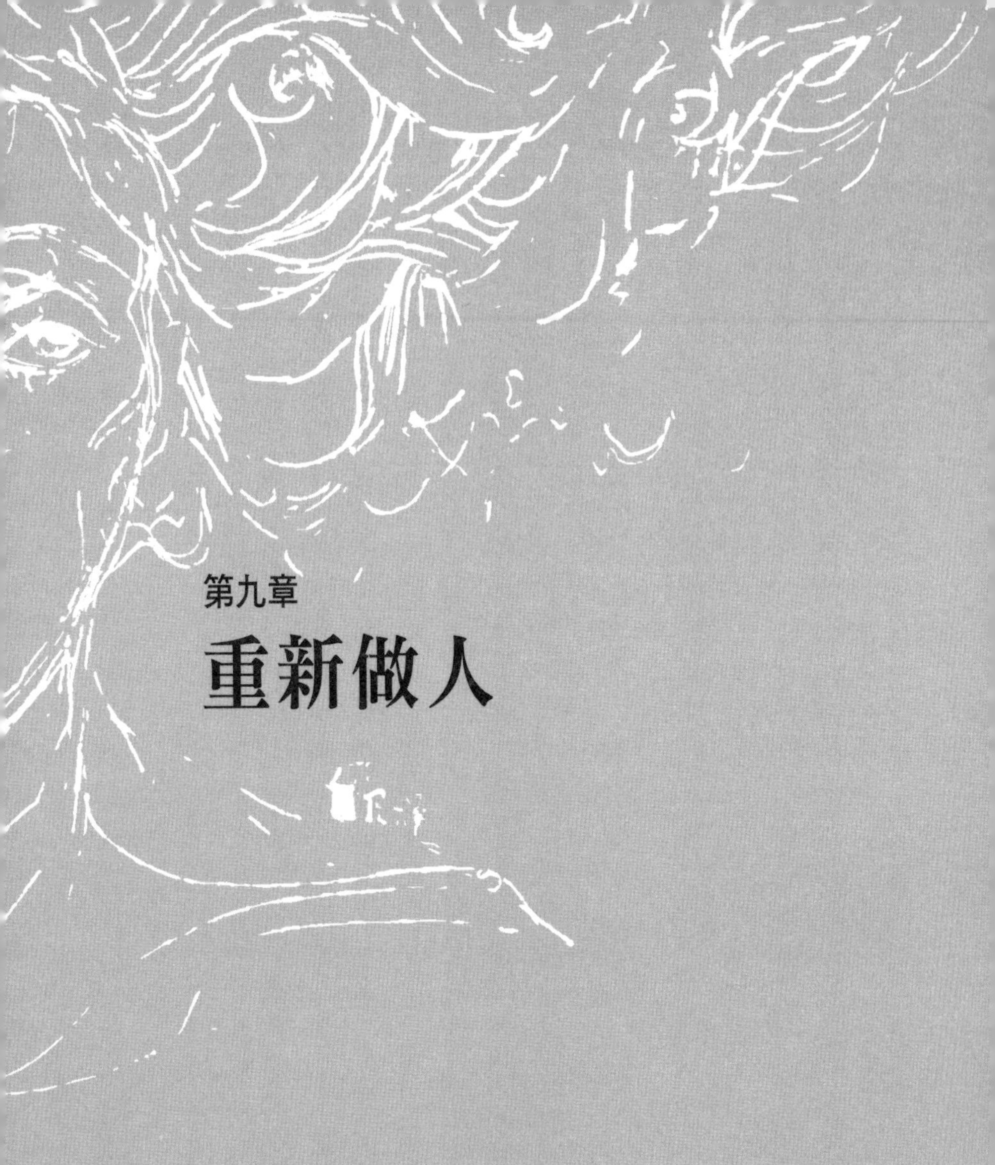

第九章

重新做人

閨密的祕密

再入美國，前後一年恍若一夢，張莉想起初入美國海關的惶恐、巧遇四姨的驚奇、李靜狀似幸福的婚姻，再經歷了與妹妹的家庭相處的平實生活，張莉漸漸走出中國城市的浮躁，步調慢了下來，她不再打帶跑，從一個重視表面、處處較勁的小資女，開始深沉的思考，匆忙的前進只是為了奔馳到目的地，還是應該走羊腸小徑欣賞、體驗沿途的風光？美國是她的目的地嗎？她的路會跟罹癌的姊妹、撿菜的四姨、二婚的李靜一樣的顛沛流離嗎？她在美國常在午夜時分跟自己對話，反省及感恩當日的作為，只要謙卑誠心的懺悔，不管是教會的耶穌基督，還是她心中的黃大仙，祂們都會在張莉的腦海顯靈，示現應當的作為。她也慢慢體會，集體信仰的強盛跟人心的脆弱成正比，在美國，這麼多來自世界各地的異鄉人，沒有強大的信仰作寄託，個人怎麼挺得過人生這麼多驚滔駭浪的試煉呢？

李靜在教會姐妹的介紹下，到社區老人中心做兼職的行政工作，有了一份薪水，似乎有了底氣，假日社區有活動，她會藉上班，讓先生 Alex 週末在家帶兒子 Jeff。

Alex 親自帶養兒子後，慢慢培養出感情。兒子三歲了，不再肆意哭鬧，媽媽不在，Jeff 緊緊挨在爸爸身邊，爬上滾下，跟爸爸玩捉迷藏。

跟兒子拉近了距離，Alex 慢慢除去了心裡的成見。之前，他認為李靜是刻意懷孕的，明明說她裝了避孕環，二人也討論過不要孩子，專心把美美養大，結果忽然又懷上。

他一直勸李靜拿掉，李靜不肯，說你不要，我養，Alex 更覺得她是計謀懷孕。Jeff 出生前，他刻意冷淡對待李靜；出生後 Jeff 又愛哭，有睡眠問題的 Alex 更是躲得遠遠的，還因而跟李靜分房。

Alex 有能力再要小孩的，主要是感覺不好，商量好的，卻不是這回事，有種被騙的感覺。

經歷過二個孩子的把屎把尿，他想輕鬆些，前幾年運動時常閃到腰、扭了腿，他年紀大了，明白自己不比年輕人。工作之餘，只想和李靜、上中學的美美遊山玩水。李靜當單親媽媽這麼久，現在孩子大了，好不容易卸下擔子，為什麼再要一個孩子忙？

隨著孩子長大，可以說話、溝通了，Alex 越來越喜歡 Jeff，三年後，像是半路撿回兒子，Alex 才真正誠心的當爸爸。

李靜不敢說的委屈，終於有了公道。

她當初震驚，Alex 心腸竟然是鐵打的，那有老爸不疼親兒的？辛苦懷胎九個月生下來，他卻避得遠遠的，讓她有苦難言。

都怪自己，聽了周遭朋友的勸，偷偷拿掉避孕環，想生個他的孩子，保障自己在異鄉的權利，沒想到毀了夫妻的信任。因為老公的不幫忙，刻意疏遠，加上產後憂鬱，人更加的抑鬱不樂，只能硬吞苦果。

怪自己意志不堅，不珍惜這難得的姻緣，Alex 疼她，又視美美為己出。可是朋友好意一說、再說，李靜不禁動搖了，現在愛，不代表一輩子愛，像她跟美美爹的海誓山盟，不就經不過一個小秘的考驗？

在異鄉，應該做最壞的打算。

一切誤解等到現在，透過李靜雲淡風輕的說，張莉才明白了原委，她誤會 Alex 好逸惡勞，把賢慧的李靜，當煮婦、褓姆使。不過，中間的心機、曲折，外人又怎能猜得出來？

美國、美國，在美麗的光暈下，藏了多少不為人知的事實，在不熟悉、未知的險地，人性的黑暗面就激活了。暗地盤算，就是高風險的賭注，不只是輸贏，還會賠上個人的信譽。夫妻間沒了信任，互相猜忌，婚姻就剩表面功夫，李靜隻身帶兩個孩子，日子怎麼過呢？張莉為李靜捏把冷汗，還好這把梭哈她贏得險，現今一切都翻頁了，翻到人生的新章節。

李靜當然得為自己盤算，她不像張莉有先生、妹妹做後盾。經歷過婚姻的背叛，遠嫁到海外過新生活，從來都是自己頂著，沒有人商量。

從朋友口中聽來前夫已和小三結婚，有了比女兒美美小半歲的兒子，一家幸福美滿。這口氣李靜吞不下，她得證明她也能生出兒子，這不是她的錯，而且她還生得出漂亮混血的美國人，不傳中國人的後代，傳美國人的後代，還要繼承美國爸爸的家業。

愛上美國

教會自辦中文學校，服務新來的移民，讓孩子有機會延續中文教育；父母間有了孩子為共同話題，也能認識新朋友，互相幫忙。

李靜帶張莉到教會的中文學校，介紹她認識中文學校的校長，及這裡的中文教育系統。李靜喜歡拉著張莉到處介紹，張莉也喜歡這種被器重的感覺。李靜的女兒美美在高年級班，她跟很多志願的家長一樣，除了當家長也身兼孩子班的老師。李靜講話輕聲細語，小孩喜歡聽；跟家長溝通時，家長也都以李靜的意見為意見。

張莉的美術底子好，常應李靜的要求，做些海報、佈景，這些對張莉來說都是小事，她卻因此得到巨大的成就感。

海報板太大，不好折疊，張莉就直接送來學校給李靜，她拿著大海報板，暫擱牆角，等李靜拿走。期間聽到走過的家長、老師無數的讚美。「這應該是政府撥款，國內製作好，寄給海外僑社的。你看顏色多亮眼、材質多上乘，哪是我們做得來的？」

張莉聽了很得意卻又不好意思，她故意離海報遠遠的，好像跟她沒關係。李靜遠遠過來，甜滋滋地說：「好美呀，張莉比奧斯卡的美工設計還厲害，山羊畫得真立體，黑色羊角前頂，站在山腰傲視原野，像是要跳躍到另一個山頭。」

這時，駐足欣賞的人，焦點轉投到張莉的身上，張莉感覺被大家的目光捧上了天，靦腆地比出掌心合一的手勢跟大家回禮。

張莉被李靜的關係，一再被推到台前。

今年是羊年，中國新年晚會的舞台佈置，李靜推薦了張莉來製作。校長特別感謝李靜，大家都是義工，沒預期能有專業級的表現，這樣的佈景太吸睛了，駐外代表看到中文學校這麼用心，要爭取經費補助，應該有求必應。張莉知道她幫了李靜大忙，儘管她也出了名，但李靜有了她幫襯，聲望更是扶搖直上。張莉在中文學校校長的邀請下，也同意接下製作新年晚會表演的舞台裝。

校長身材精實，看起來像練家子，原來他也是課後武術班的教練，這裡的家長各個身懷絕技，號召起來，準拼湊出十八般武藝。張莉想像自己的孩子在這念書，她也可以像李靜當中文老師兼任學校的美術製作，比起在國內的銀行工作，當個行員；在這裡當老師可以兼顧孩子的學習，還多了份敬重。

李靜要張莉等她下課，有些設計配件要張莉載走，張莉趁機了解學校提供的課程，除了正規的中文教育，還有扯鈴、足球、民族舞蹈、機器人、武術班等課外活動，張莉認為以她的功力開個美術班，應該沒有問題。擔任中文學校美術班的義工開始，建立口碑後，自行開課招生。她想著想著，覺得移民來美，也能找到自己安身立命的方式，並不如她想的，不通英文那麼糟。

李靜跟女兒美美下課後上了張莉的車，李靜說要到美工藝品店買些教學展的材料。買完了，她要張莉載他回中文學校，開校務會議。並央求張莉送美美回家，先生 Alex 在家等門。

事實的背後

張莉經常幫李靜製作海報，運送道具及載美美回家，過得充實，原來快樂源於助人，她幫李靜，李靜幫學校，學校再提供好的資源給孩子學習，這樣的纏繞，像是脖子戴上的花環，項圈連接了不認識的大眾，花香卻薰陶了彼此。張莉及中文學校因為間接的聯結，產生了密切關係，張莉感覺自己也成了中文學校的一份子。

晚上，張莉使用電腦設計海報，眼裡滿是絢麗的圖案色彩，她跳切到電郵，想讓紊亂的眼睛休息一下。眼中卻跳出一封「道歉信」。張莉試著分辨是廣告信函還是私人郵件？她想起去年 Toyota 汽車零件有問題，發信要召回車主回廠檢修。大辣辣的中文「道歉信」看來有誠意，也像詐騙信，張莉思量要不要點入。她看了收件人多有中文名字，李靜也在上面，中文學校認識的幾位老師、家長都在裡面，於是她點入往下看。

看完信後，文字像天空的暴風在頭上旋轉，內容像冰雹砸人，已嫌擁擠紊亂的視野比萬花筒更花。

中文學校的校長為了「他與李靜超友誼的不當舉止」，向他太太、李靜的先生及學校家長致歉！

這是什麼時候發生的事？我怎麼會蒙在鼓裏？張莉受託接送美美回家，竟然成為李靜外遇的合法掩護？她額頭的青筋跳動著，別人會以為她知情，是同一夥的。她對李靜誠摯的友誼，卻成為不倫戀的幫凶，未來怎麼面對中文學校的兄弟姐妹們呢？她著實訝異，李靜跟校長總是滿口上帝、引用聖經的詩篇，怎麼會發生蒙羞的事？尤其是發生在美美上課的學校，美美還是個孩子，要怎麼面對同學們的眼光及質問呢？

這封信肯定是校長的太太發現了，要校長公開道歉，讓李靜難看，扳回一城，否則不會鬧上枱面的。另一方面，張莉也擔心李靜置身風暴，怎麼面對老公，還有中文學校的教職員？

不久，李靜打電話來，話筒一方，語氣激動，「我是受害者，他怎麼可以發信給公眾，要我日後怎麼做人？」接著嗚咽了起來。

張莉雖氣，聽了李靜哭得斷腸的聲音，動了側隱之心，問怎麼發生的？「是他強迫我的，他給我聞不知名的香氣，我一時全身無力，他就強吻我……」張莉又問，在哪發生的呢？「在……在我家……」張莉大吃一驚，「怎麼會在妳家呢？」「他說會修水管，我家水管壞了，我讓他來修。」張莉聽了目瞪口呆，不好意思再問下去了，只聽李靜在另一頭哭泣。

「那老公怎麼反應？小孩知道嗎？」「我都告訴 Alex 了，他保護我，說要捍衛這個家！美美聽到我們的談話，應該知道了，兒子還太小不懂。」

張莉知道大火已從火苗迅速點燃，延燒的半徑得靠李靜的智慧撲滅或擴大，她在話筒中彷彿聽到柴火啪啪作響地燒著，漆黑的夜，風颼颼地吹。

隔天，張莉送美術佈置板給中文學校的美術老師，她好怕看到李靜或校長，心噗通噗通地跳，像作賊的人碰到警察般的羞愧。張莉的心被絞住，想他倆怎麼面對眾人的眼光？太太、小孩都認識彼此，最好今天都帶孩子在家休息，別來上課了，張莉想著想著，自己都想挖個洞躲起來。

她在遠處，小心張望眼前家長的表情，心想，如果別人問起她，她該怎麼說，才能解釋清楚，她真的不知情。

教室入口的櫃枱旁，李靜的先生Alex拉著小兒子坐在高腳凳上，注視走進來的家長，像是持槍的衛兵，要掃射攻擊他的人。張莉想要轉身已經來不及，雙眼就要跟他四目交接，心蹦蹦地要跳出來了，她怕Alex問她，也不知怎麼應對，要安慰表達關心，還是裝不知情？美術老師恰好走過，她攔她，趁機轉移焦點，談起佈置板的製作事宜。

不久，一陣人聲喧嘩後聽到男聲大喊，「妳為什麼不承認，為什麼要說謊！」張莉轉身看到校長跟李靜分立走道兩側，校長指著李靜大罵，身旁有太太陪同；李靜的先生Alex側身護李靜，說要報警。氣沖沖的校長被家長拉開，從側門離去，同時也辭去校長一職。

張莉為Alex護妻的舉動喝采，她以為Alex會怒不可遏，結果他選擇包容妻子、孩子的媽媽。張莉被Alex的氣度給感動了，七上八下的心也慢了下來，如果Alex能原諒枕邊人，我怎麼不能原諒姐妹淘呢？

日後，李靜拉著張莉四處跟收到信的家長解釋，她淚眼汪汪，如泣如訴的低喃，抓住了家長的心。只是從當初的「被迫受害」，到後來「完全的無辜」，是校長一廂情願追求她，追不到又糾纏她、最後詆謗她、毀滅她。

張莉的心再度糾結，她以為鑿洞沉船的校長棄船而去，破洞即補起，卻發現在李靜一次又一次對外的泣訴，船艙又被李靜無形的口刀劃得千瘡百孔。李靜似乎演上癮了，進入自編自導的劇情，忘了事發當晚跟張莉坦承的一切。

Alex 當初對兒子的無情或讓李靜感到心碎，只是李靜偷生兒子的行徑，會不會是讓事情惡化之源？沒面對問題找 Alex 懇談，而藉口移情別戀校長，似乎其情可憫，然而這確實是外遇的真正原因嗎？還是這樁異國婚姻不過是李靜逃避國內失婚的避風港？她的心並沒有下錨，狂風驟雨一吹，心又漂走了。

那晚對李靜的說詞已是疑點重重，看在 Alex 的大器，又念及孩子還小，張莉睜隻眼閉隻眼保持緘默。可是李靜強辯自己是清白的，將已離職的校長抹成變態狂，對他仍在學校念書的小孩、接送孩子上下學的校長太太又情何以堪？

原本張莉認為女人心絃如絲線般綿細，又能絞實如鋼索，這樣強韌的延展性，假以時日，李靜定能挺過難關。但如今，張莉已分不清，三個在陰影下的女人：她、李靜、校長太太，誰是旁觀者、誰是受害人，甚至誰是加害人？

張莉以為美國生活單純，大多數人都有宗教信仰，有上帝的引導，是非應該比中國少。但是她看清事實，為求生存，踩別人、甚至踐踏別人的行為也能合法化，這就說明了，為什麼好些重刑犯，全程堅稱無罪。如果承認了，如何圓開頭的謊？及取信被他吸引，相信、同情、支持他的會眾？原來這就是「世界大同」的意思：中國、美國，只要有「人」的地方，哪怕是金星，人性都是一樣的。

替死鬼

少了先生阿昌的陪伴，向來堅強，喜歡攬事助人的張莉也開始迷惑了起來，她懷疑李靜跟自己的友誼真是手帕交？張莉事事喜歡跟阿昌分享，在述說的同時，也消化思緒，釐清雜亂，現在阿昌回國，她沒有聽眾，心頭的疑惑、紊亂越積越多，她在妹妹心中是無所不能的強者，怎麼能提心中的迷惘？只會顯出她是個弱者，還是個被李靜利用的愚人。

她知道真相，不想被李靜拉著四處釐清眾人的迷團，尤其真相越釐越遠，張莉不願當此事的證道，刻意疏遠李靜。李靜沒了張莉作陪，拉住先生Alex為伴，繼續以傳道為由，虔誠地導讀聖經，接著辛勤地向家長傳播她受的委屈，好似她是耶穌的待罪之身，為眾人承擔所有的罪。她利用傳福音的方式，影響教會兄弟姐妹的思想。李靜的聲音漸次、重覆地被傳播出去，就如聖經上的白紙黑字，牢不可破。

張莉跟妹妹的生活像是二條水平線，妹妹跟著妹夫早出晚歸，經營華人雜貨店。李靜大多時間在家，恬靜地煲粥、看書，誰也不知道她心裏起了這麼大的波瀾。哪裡都有顛倒是非的事，在家鄉台山市，瑣事、酬酢多，沒空留意人的心機，日子稀哩糊塗過；這裡閒，在慢走的時針下，心眼的顯影格外大，蟠踞張莉的心中，像水蛭吸住，怎麼都拍不掉。

這陣子，張莉總是在恍惚中看到「囍」字、酒觥交錯的人疊出幾道刺眼的光影。這塊陰影在幾週潛伏後冒了出來。

張莉在銀行的好同事娜娜，跟張莉是大學畢業後同批進銀行的同事，一起面試、被錄取，受訓、再一起分發到台山分行。她倆經過幾輪激烈的競爭、試用，再留用，她倆笑稱是電網下的漏網之魚，緣因倆人皮厚，連電都通不過。她倆上班時一起吃午餐，下班互等對方，一起搭車回家。甚至晚上還要通上一小時的電話，有說不完的話。

單位來了新的業務志高，溫文有禮，剛進來除了跑外勤，還要回來寫報告，工作總做不完，女朋友常提水煎包、熱粥來探班，在旁看書靜靜的陪伴。

娜娜有意組織部門的樂團，張莉向來跟娜娜形影不離，娜娜主辦，張莉必然參加。她不會樂器也不會唱，被娜娜央求敲擊三角鐵。志高大學是吹薩克斯風的樂手，娜娜的歌聲好比小野莉莎，慵懶有磁性，只要娜娜一開口，志高的薩克斯風就能找節奏跟上她的歌聲。他們合作無間，讓上司指派這個樂團參加分行間的競賽，他們很勤奮地利用下班及週末來團練。

娜娜練習時跟志高聊得起勁，原來娜娜學生時代是合唱團的成員，他們聊起演奏、合唱過哪些曲子，張莉不知道愛好流行樂的娜娜也愛爵士樂，現在張莉倒像是新來的，不懂樂器也不闇唱歌，插不上話，只好退到一旁傻笑。

傻笑的日子越來越多，一直到娜娜告知張莉懷孕了，肚裡孩子的爹是志高，張莉才知道半年多來樂團的三人行，自己的多餘。張莉看見娜娜眼神的篤定，卻無法確定自己是否藏好眼中的驚慌？志高女友不是三天兩頭來等他下班，前天才看他倆牽手離去。這到底怎麼回事？

娜娜說志高和她相見恨晚，卻礙有相交三年的女友守候，只好發展地下情。娜娜說她意外懷孕，正好奉子成婚，讓志高面對現實。志高卻說沒準備好，要娜娜拿掉。

張莉聽了很氣憤，沒想到志高是這樣不負責的人，始亂終棄。勸娜娜不要胡思亂想，她去找志高溝通。志高卻支吾其詞，沒有要負責的意願。

娜娜自覺年紀已大，懷孕不易，一定要把孩子生下來。名份的部分，她自有想法，聽說婚姻可以補登記：未經登記，而以夫妻名義共同生活的，可以補辦。等九個月後孩子生下來，就是和志高愛情最好的鐵證，也能退卻他猶豫不娶的女友。

娜娜堅持找兩個熟朋友見證宴客，宣告這段關係。娜娜找到一家餐廳，背景是囍字，她打算讓志高出席她邀張莉及同事麗萍的餐敘，趁機拍下大合照，當做兩人公開儀式的宴客，補辦婚姻登記的證據。

娜娜說得像順口溜，張莉卻反應不過來。同事麗萍婉言相勸，先想清楚要不要小孩，再考慮結婚。這不是玩具，是條生命，不能轉送，不能回收，要教養成人的。

私下麗萍拉張莉說，娜娜已三十，不是十八歲小姑娘，不可能不知道如何避孕，說意外，太牽強；萬一志高真不願意負責，我們不阻攔娜娜的天真，等於害了她，也害了肚裡無辜的胎兒，看看影視圈無爹認領的孩子，在爭議聲中成長，會有多艱難的未來。

麗萍藉算命說命中不宜做保，脫了身；張莉不知如何推拖，糊塗地被娜娜趕著，帶即將出國結婚的妹妹小梅赴會，又糊塗地讓服務員拍下了囍字大合照，成為證婚人，那張照片她還應服務生要求，應了「西瓜很甜」，給了大笑臉。竟然成了志高指證娜娜跟她是同夥的證據。

張莉說也說不清，乾脆不解釋。反正外界認為志高玩出人命不負責，傻女友痴情相守，可憐娜娜挺肚當單親媽。唯獨在志高及女友的心中，娜娜和她是設局的婚姻騙子。大多人都同情娜娜，只有志高及女友四隻眼怒視她，張莉將錯就錯。

但是那兩對怒眼縈繞她有半年，直到她來美參加妹妹的婚禮。照片中，大紅的囍字高掛在後，她跟妹妹、娜娜嘴上喊著甜，大夥笑得開懷，志高誤以為這餐是送行張莉的妹妹，遠嫁美國的惜別宴，高舉酒杯祝賀。那瞬間，大夥全笑了，笑的卻不一樣：妹妹、志高和照相的服務員以為是歡送的惜別宴；娜娜跟張莉知道按下快門的一瞬間，娜娜的名份就顯影了。

酒觥交錯的笑聲，連同紅色的大囍，層層疊疊地顯出搖晃的光影，畫面擠滿臉，張莉想看清還有誰，除了自己，其他人都像鬼魅，有線條、有光影，就是沒五官。

張莉哀怨命運，為什麼老是幫人幫成變替死鬼？是她識人不清，還是傻傻搞不清楚狀況？她腦海閃著低潮時娜娜跟李靜為她打氣加油的的鼓勵，張莉從不跟父母企求感情，她知道求也求不到，何必自取其辱？大多時候還是家中仰賴她，她當家中的舵手，操持大事，張莉孤傲慣了。父母、妹妹都不了解她，娜娜跟李靜卻比父母、妹妹還關心她，比家人還像家人，她們有難求援時怎麼能拒絕呢？雖然張莉都是事後知道真相，她選擇跟摯友站在同一陣線。

娜娜事前雖瞞著她跟志高談戀愛，事發也一把眼淚一把鼻涕的解釋了處境，張莉愕然，但至少知情了；現在張莉最氣自己的地方，是自己的渾然不覺，竟然不知不覺中又捲入李靜跟校長的緋聞。

張莉在無數的夢魘中，看到一群無臉的人發出痛苦的哀嚎，她下望時，才發現她手持鑽刀，刀上滿佈血跡。每每夢到這個情節，她試著睜大眼看清，上一步她在做什麼？人真是她殺的？可是那段像是迷失的片斷，視線被狂風吹亂的頭髮屏障住，看不到，她想撥開，手卻像浸了濃稠的粘液般千斤萬兩，使不上力。張莉重複回到手持尖刀的瞬間，每個夜晚聽著淒厲的哭號聲。

跳樑小丑

張莉活到30歲，才知道前面白活了。自以為活得風裡來，火裡去，浴火鳳凰，跟哪吒一樣拉風。身上的衣，開的車，都標示大大的名牌，她將成就顯現在光鮮耀人的經濟實力。家中大小事都靠她張羅，這樣頂天的中流砥柱，竟然經不起集體口水的唾棄，三番兩次面對百口莫辯的指責後，她才懊惱的看清楚自己是跳樑小丑。

感謝在美國的寧靜，讓她能靜心沉澱，面對自己的軟弱、無知。從小就缺乏安全感，所以虛張聲勢，一副無所不能，其實卻是玻璃心，怕辜負期望，不敢說、不敢拒絕別人，攬了一堆狗屁倒灶的事上身，結果讓自卑感引起的自大狂糊了一身狗屎。

張莉回想自己辛苦經營，四處討好，想面面俱到的苦心，隱忍扛起輿論的對錯，卻換得眾人的批判，她想著自己曾受過的委屈、吞下的苦難，眼淚倏倏地流了下來。這陣子她日夜難眠，往事反芻，咀嚼地不是萃煉的珍寶，卻是一堆未消化的硬石，哽在喉嚨難受，想嘔，什麼也嘔不出，卻感受鼻管熱淚的辛辣，忍著不讓它滾落，猛一吸氣，眼淚就諾大地滾出框外。

她在電話一頭哭，阿昌靜靜地一聲不吭，感覺到碎裂的不是斷斷續續的哭聲，是心肝。阿昌知道張莉不輕易示弱，哭，一定有吃不消的痛，許久，阿昌聲音拉出長長地不捨：我買機票，來美國陪妳。他知道張莉是實在的人，不需要話語的安慰，她需要一個伴，投入懷抱哭笑的臂膀。

向來準時赴約的張莉，被錶上的時間嚇了一大跳，整整慢了兩小時。這只從廣州陪她出國的仿冒名牌鑽錶，她戴著形影不離，一圈火耀的星鑽像是頭頂的光環，是她自信的一部份，忽然指針停止，她覺得走路都虛了，路景似乎都僵住、跟錶一樣紋風不動。張莉隱隱不安，意會此事的蹊蹺：現在已走到分水嶺，逞強撐起的浮誇再激不起漣漪。

到了美國新天地，國內再風光的人都變成沖刷過的飄流木，光溜赤裸。每個人都想抓點東西往身上粉飾，敷點權勢、名利，像是張莉身上的假鑽錶，四姨想頂中國餐廳當老闆，李靜當中文學校的幹部……這只是華麗的開頭，沒有紮實的能力頂著，再炫的光環也會顯出本色。

張莉記得初進美國海關，牆上美國大旗五十顆星子閃閃發光，她感覺自己也跟著星子閃耀璀璨。然而進關後，未來的路得自己走，美國的美好與黑暗是自己的意識走出來的，張莉撫摸這只陪伴她從中國過渡到美國的貼身伴侶，這只錶不再是壯膽物，她卸下靜止的手錶，也像是收拾她在美國不足為外人道的人生經歷，悄悄地收到抽屜的底層。

如果能重頭開始，張莉想在一個沒有人認識她的地方，改頭換面，重新做人。

妹妹的婆婆注意張莉的意志消沉、食慾不振已有時日，今天若有所悟地盯著張莉自上而下瞧了一圈。再轉身看看妹妹的肚子，定定地說：「這不是想阿昌的相思病，是有身孕了。」張莉狐疑地看著妹妹的婆婆，我節育好久了，您說笑了。

三個女人的新生——張莉

張莉偷偷地去婦產科驗孕。她自己買的驗孕棒顯示的兩條線，像是她額頭的三條線，她理不出頭緒。生了晶晶，避孕環就戴上，怎麼會鬧出人命呢？她英文不好，看不懂有孕是一條線、兩條線還是三條線？美國的規格都跟別人的不一樣，美國用華氏度，中國用攝氏度，我們用公分，他們用吋，連手機的系統都不一樣，美國是GSM，中國是CDMA，驗孕棒線條的複雜，恐怕也不是我能理解的，交給醫生判斷吧！

診所外頭大大的華文招牌，安了她忐忑不安的心，至少肯定醫生是華人，能說中文。她得把心裡所有的疑問，一次問清楚。

在大廳等待，有人靜靜地看書，有人東張西望，靜默的大廳連一頁一頁翻書的聲音都清脆地可怕，像告別式裡家屬的隱隱啜泣。張莉坐不住這片謐靜，去茶點區倒了杯綠茶，注熱水時，滾燙的水花濺到她的手，手的一個反射，杯子就傾倒了，潑得紅棉襖的外沿濕掉一大塊，像是一塊暗紅的血漬，她怕絲棉襖沾染茶漬洗不掉，馬上絞起棉襖的一角想擰乾水，忘了水是燙的，燙得她趕緊鬆開，她一邊用嘴吸吮燙紅的手指，再拿一疊餐紙按吸棉襖上的茶水，還好水是向下潑，沒燙到身體的肉。

但她心裡有疙瘩，昨晚夢見住家發大水，今天水潑得一身。記得妹妹的公公曾解夢，說洪水象徵死亡，具有毀滅性；也是孕育新生命，生命的重新開始。她忐忑不安，是她的死亡，肚裡的新生？還是她的新生，誰的死亡呢？

「恭喜懷孕了！」護士從檢驗室拿出報告，微笑地告訴張莉。

張莉卻是如雷轟頂，怎麼可能呢？「我有上環。而且國內不能有第二胎，這胎不能要。」櫃台小姐說，「在美國生下，就是美國人，不受中國一胎化的限制，我們轉介社工人員為妳說明細節。」張莉的焦急被櫃台小姐的溫柔給安定下來。「戴了避孕環還懷上的機率只有10—15％，妳是個有福氣的人，沒人將福氣往外推的吧？多少人花了大錢求子，卻求之不得，或許這是好的開端，讓孩子幫您領路吧！」

生機

張莉的先生阿昌，讀書好，乖巧不多話，平順的臉，看不到一絲線條，只見一個半圓，一張開滿半臉的笑容，他用笑臉應和大伙的意見，像白天牆上掛的複製畫，也像晚上複製畫倒映在牆上的影子。做決策時，到底他在不在場，大家都沒了印象。說來阿昌是當事人，有沒有主張，也不重要了，就是得承擔結果——他又要做爸爸了。做爸爸他可是駕輕就熟，帶晶晶泡奶、換尿布、洗澡，他都在行，這回他沒預期，是個從天而降的大禮。

張莉告訴他，婦產科醫師說戴了避孕環還懷孕的機率是10％，又在屬地主義的美國受孕，生下來就是美國人，多少人花大錢辦綠卡，身分還是辦不下來，這比中樂透還不容易啊。我們成了美國人的父母，說不定還是個兒子，一定是祖上積德，老天保佑……張莉喋喋不休地說，在熄燈的床上，她看不到阿昌的心思飄遠，她的腿鈎著阿昌的腳板，倚在他的懷裡，聲音甜甜。

阿昌在漆黑中，看著躲在角落的家用警報器的紅點，閃閃發亮，他停留在那一點，彷彿自己是那一點，閃耀著微光，卻沒人在意。他摟著張莉卻想，那中國的工作怎麼辦？誰留下照顧待產的張莉？國內上小學的女兒晶晶怎麼辦？一家要因這個大禮而分隔兩地嗎？他臉開到一半的笑臉瞬間掉了下來，跟張莉上揚的笑臉，成了一個交錯的X，X是未知，也像兩隻對抗的弓。

阿昌的生活向來恬淡無奇，跟大學班對的張莉結婚，女兒晶晶伶俐乖巧，他期望就這麼平順地走下去，反正弟弟也生了兒子，黃家可以傳後。現在老天把遲來的禮物送到手上，總不能推開吧。想想都是佛祖的旨意，紐約天冷，上床早，多窩在大被裡取暖，兩人摩貼，就出小生命了。命哪，運啊！阿昌的爸爸是道家的信徒，城裡有名的書法老師，也是命理家，從小教導阿昌要順水推舟，乘勢而為。他在腦子裡只掙扎了一會，就讓念頭流走了，現在只感到腳底板陣陣被張莉撓動的搔癢。

在床上，張莉向阿昌先嬌嗲的開了人生的頭獎。張莉在多年夫妻一成不變的相處下，聲音大了起來，催女兒出門時，好像是街口站崗吹哨的交通警察。這次到紐約，兩人少了孩子的羈絆，竟回到婚前的戀愛時光。張莉柔媚了起來，連走路的腳步都是搖曳生姿，昌很疑惑，確認這真是她媽，老虎變小貓？半夜起來上廁所，還俯身在黑暗中看清張莉的臉龐，差異的催化劑竟是孩子？

張莉輾轉難眠，她想著新生的開始，不只是肚裡的小生命，還有自己的重新開始，新天地、新成員，儘管是第二次做媽，這回是做美國人的媽，怎麼就特別的尊貴，她想像她住在金髮的國度，穿著蓬蓬裙，和穿貼身燕尾服的阿昌，推著有蕾絲花邊的嬰兒車，晶晶留著大波浪頭，手拿一束花，像花童在她和阿昌的身後緊跟著。說來還是託妹妹的福呢，沒參加她的婚禮，怎麼會來到美國，怎麼又能當美國人的媽呢？留下來，首要解決的是住宿問題，沒有人在紐約接應安頓她，所有的美好也只是幻影，張莉清楚只有妹妹是最有力的後盾。她翻來覆去，想著怎麼跟借住的妹妹說。

早晨，張莉張羅了一桌的清粥小菜當早餐，妹妹的老公天龍讚不絕口。張莉的瘦肉粥煮得好，得了媽媽的真傳，媽媽說：「小莉，米要輾得碎小，才能粒粒吸飽湯汁；湯底也不能偷懶，得用全雞慢火燉熬，這跟做人一樣，沒有一步登天，都是從最基礎的做起，疊架上去。」

張莉約莫七歲，卻擠進廚房幫忙，自從妹妹小梅被領養進門，她就被迫忽然長大，泡奶、換尿布、哄哭鬧的妹妹睡覺。她做這一切，就想討媽的歡心，媽媽眼裡都是妹妹，開口閉口都是妹妹，只有媽媽稱讚她，張莉才感覺不是被遺棄的。剛開始是擺餐盤、碗筷，後來幫忙洗菜。接下來，她也想跟媽媽一樣，成為廚房的主宰：爐上三個鍋全煮滾，媽媽手腳俐落的開蓋、檢查、試菜、關火，威風地吆和：「菜端出去，把窗戶打開讓油煙味散出去。」張莉小心翼翼端著菜盤，踩小步，不讓湯汁灑落，將盤子排在桌上；再爬上椅子，將每個窗戶打開。當外頭的徐風拂面吹上張莉時，她看著遠方的夕陽，想起還沒收養妹妹前，爸爸傍晚曾經在公園扛她在肩上，指著橘紅的夕陽，要她找找后羿的蹤跡；媽媽在旁幫她拍蚊子，拿著水壺怕她熱著，要她多喝水。她想著想著，感覺一家團圓了。

她跳下椅子時，看了沉睡的妹妹，嘴角弩起笑，作夢呢。一定是好夢，她這麼小，能擔心甚麼呢？張莉感覺妹妹是個天使，也感激她沒有哭聲，才能讓她完整地做個白日夢。

妹妹果然是天使，她聽到張莉懷孕準備待下來的消息，似乎比張莉還要高興，他先生天龍也受到她雀躍表情的影響說：「你們現在住的地下室客房反正是空著，你們先住，再看看怎麼打算吧。」

張莉由教會的朋友領著，決定申請學生簽證進修語言，待下生產。本來她還要掩飾做媽的喜悅，以意外懷孕，被迫留下的身分露臉，沒想到見面時所有的人都熱烈的恭喜她。她詫異，彷彿她是從沙漠中走出來的綠洲，她的出現展現了神蹟，澆灌了他們，還是美國的樂土醍醐灌頂了她這負荷過重、瀕臨枯竭的種子？她在八方的道賀聲中，自己也恍然了。久了，恍然也立地生根了，她篤定的跟大家說，「這是神的旨意，讓孩子的出生帶領我們全家留在美國，我聽從神的安排。」

現場響起一片歡欣鼓舞的掌聲，張莉成為神的見證人，上各個教會證道，她忽然經由未出生的孩子，成了站在舞台上的明星，她在台上說話時，有時覺得自己像神的代理人，說的欲罷不能，她現在明瞭為什麼明星捨不得退休，因為台下的粉絲需要她。每當牧師拿回她的麥克風，謝謝她的分享，張莉才回神時間已到。她張著來不及閉攏的嘴和半抿的笑，慢慢走下台階，沿途揮手向觀眾致意，她感受到蹦蹦的心跳，是自己的，還是肚裡胎兒的？她已分不清楚。

第十章

新生活

凱莉娜的新男友

醫生確診，王雅芬只是婦女病的感染，免疫力低，口唇出現皰疹。只要睡眠充足，多加休息，很快就會痊癒。凱莉娜陪王雅芬經過這場患難，更是交心換帖，情同姐妹。

凱莉娜剪了俏麗的短髮，羽毛似的頭髮圍著臉龐，遮住了本來臉上的稜角，顯得嬌柔，她踩輕盈的步伐，像貓，在屋內外跳躍。

王雅芬很訝異凱莉娜短時間揮別了情傷，宣告了新男友凱文，還迫不及待要帶給王雅芬看。王雅芬覺得有蹊蹺，向來凱莉娜都是不預警的帶出男友，為什麼這次賣關子？

等王雅芬看到了白淨、書生氣質的凱文，才知道凱莉娜的新男友是華人，自己的同胞。外放熱情的凱莉娜跟安靜文弱的凱文站在一起，就好像鞭炮和春聯都泛著紅暈喜氣，卻不太和諧。

王雅芬先用英文大讚了凱莉娜的熱情善良，說凱文好眼光。趁凱莉娜去準備飲料時，王雅芬用中文跟凱文聊天，聽他說是從上海來念大學的。王雅芬好奇他們怎麼認識的，凱文說，搭地鐵認識的，凱莉娜晚上結束百老匯的表演，從時代廣場上車，凱文也從酒廊的吧台下班，常一起等車，而且同站下車，卻從沒說話。有一天，凱莉娜開口，第一句話就邀凱文喝酒。凱文答應了，他請凱莉娜喝酒，請吧台調製了一杯拉丁飲料 mohito，他攔截了要遞給凱莉娜的飲料，跟吧台多要了幾片薄荷葉，又要了擠壓棒，連同杯內的檸檬片用力搗壓，讓薄荷葉跟檸檬迸裂後，向上帶出漩渦，噴射出薄荷、檸檬的香氣，才端到凱莉娜的面前。到底凱莉娜是對桌上那杯道地純正的 mohito 嘖嘖稱奇，還是對凱文，她至今還恍然不清，然而那夜她就跟定他了。

凱莉娜拿了三瓶可樂娜啤酒從廚房走出說，凱文沒告訴我他是 bar tender，到我家調出一杯又一杯漂亮又好喝的雞尾酒，我看他是學生，以為他是業餘的嗜好，被騙了。

凱文說他得自己打工賺生活費，又不想做沒底薪的服務生，於是花錢上了整套的調酒課，考上了調酒師證照。白天上課外，找了調酒師的兼職工作，那有騙人呢，的確是業餘的。

凱文一副無辜樣，凱莉娜只好在字義上挑凱文的錯，你是兼職的調酒師，但調酒你是大……師級。她理虧，說得結巴，輕捶凱文。凱文任她說，眼裡含笑，像是看著打滾撒嬌的小貓。此時，王雅芬的眼裡，這對鞭炮和春聯的組合，炸出了滿室的歡笑，紅底漆金的春聯閃亮奪目，他們坐在一塊怎麼看都是喜，耐看不突兀了。

王雅芬笑稱啤酒喝多了要如廁洩洪，她起身離開了聞起來甜滋滋的空氣氛圍，卻離不開自己形單影隻的孤寂。在日後數不清的日子裡，她輕輕撥開百頁簾，偷窺凱莉娜跟凱文在後院臨時搭起的氣墊游泳池戲水。那嬉戲的笑聲，那份成雙成對的歡愉，讓捧著經濟學苦讀的她，都有了走出室外的衝動。然而，走出去，笑聲跟歡愉就像清風只拂面而過，像過客，跟她沒什麼關係，只留下愁悵跟著她回房。倒是偷窺能滿足想像，她想像自己是凱莉娜，讓凱文揹在身上，是個受寵的洋娃娃，自己及往後的未知都由凱文承載，驚濤駭浪有他遮擋，她想著想著自己的腳都踮高了起來，像凌駕在空中。忽然發現凱莉娜往這看，她匆忙的放開百頁簾的窗條，身子隱進縫隙，思緒仍洶湧著。

等門

凱文不只會調酒，廚藝也是一流的，他會燉香菇雞、燒蹄膀肉，王雅芬還沒進門，在門外都能聞到香味。凱莉娜的鞋不在，她還沒回家，王雅芬進屋覺得尷尬，想到又要跟凱文獨處就是不自在，凱文雖然不是她喜歡的粗曠型，但是他對凱莉娜的溫柔體貼又是她欽羨的。

凱莉娜最近晉升為歌舞劇的女配角，常常是凱文在家等凱莉娜回來。凱文有時候在客廳看電視，有時候在廚房切切煮煮，王雅芬盡量關在房間不跟他照面，可是冬天冷，暖氣的循環，讓每個屋角都佈滿雞湯的香氣，想躲都躲不掉。王雅芬以每個半點為刻度，告訴自己，「若是11點凱莉娜還不回來，我就去廚房倒杯熱茶。」凱莉娜沒有回來，王雅芬也沒出房間；「若是 11:30 凱莉娜還不回來，我就去廚房煮碗泡麵。」王雅芬信誓旦旦地對自己說；王雅芬從回來一直關在房間，一直等到12:10，被幽閉壓得喘不過氣，她推開房門走出來。

在廚房遇到凱文，王雅芬的眼神盡量避開他，她拿起水壺，水龍頭嘩嘩啦啦開得響，注滿了水，往爐上擱。

凱文卻挨了過來，我這有壺剛燒開的水，妳可以用，還是喝我剛泡好的熱巧克力？王雅芬被雞湯味催出來，又被熱巧克力的甜香給迷昏，她感覺肚子咕咕叫。謝過凱文的貼心，熄了剛轉開的爐火，將自己的杯子遞了上去。又黑又濃的熱巧克力從凱文的大鋼壺倒入了王雅芬的杯子裡，王雅芬白色的瓷杯上有顆紅色的愛心恰好向著凱文，王雅芬趕緊轉向自己，怕有不必要的暗示。

其實她多想了，凱文被凱莉娜的熱情獨立，迷得暈頭轉向，每天定時到凱莉娜家報到，熬煮的不只是食物，他好像把自己也當藥材燉進去，要凱莉娜吃上癮，再也不嗜別味。凱文從來沒有像這一刻，被任何人這麼珍重過。凱文書念得不比哥哥及妹妹好，家族表揚榜裡，他像是陪榜員，習慣了當台下拍手的旁觀者。他曾經不服輸的努力過，於事無補，他只有接受事實。

凱莉娜誇耀他的溫柔、體貼；讚美他的調酒、廚藝；依賴他的分析、判斷，迫不及待介紹他給所有的朋友認識，說她終於找到真愛。凱文其實很惶恐，連在地鐵跟凱莉娜相識、相戀的情節，都跟百老匯的劇情一樣戲劇化，他很擔心凱莉娜的演員身分，會不會太入戲，找他這個路人戲外戲？他特別打聽她演得是哪個角色？知道不是女主角，那個被魅影蠱惑的無知少女，他安心了，怕她是一頭栽進盲目的愛。凱文的性事也被她啟發，凱莉娜會引導他做些很古怪的姿勢，像是色戒的廻紋針式，他讓她擺布，只要聽到凱莉娜陣陣高潮迭起的聲浪湧來，他對自己再沒有懷疑，覺得他是真英雄，征服女人的凱撒大帝。

凱文也是在客廳等的慌，終於找到王雅芬可以說話，他很體貼地幫她拉開椅子，王雅芬也高興凱文主動打破僵局，她可自在的坐下。凱文問了王雅芬申請實習工作順利嗎？王雅芬客氣地說，還可以。她撩撥了一下頭髮，開始要細說時，凱文已經開始談起凱莉娜了，眼眸的那團火，像從火海燒了出來。王雅芬有點悵然，發覺即使凱莉娜不在家，她還是淪為配角，如此，聽凱文說話的興頭就降低了，凱文說話像蚊子嗡嗡嗡，他說得高興，王雅芬讀不出他的唇語。

凱莉娜高跟鞋的聲音鏗鏗鏗走近，凱文起身差點踢翻了椅子，向前開門，他倆熱情忘我地擁吻，凱莉娜乾脆身體一斜，就躺在凱文的懷抱裡，凱文抱起她就一路走進房間。王雅芬本來想起身打招呼，卻只看到凱莉娜左右晃動的紅色高跟鞋，慢慢消逝在她的視線外。王雅芬拿起印著愛心的瓷杯，坐在餐檯上的一隅，慢慢飲下已經冷掉，流不動、稠稠濃濃的熱巧克力。

實習

現在美國景氣不好，跟她同期畢業的亞洲學生都在等面試，王雅芬找不到合適的工作，大多是簿記、會計一類的工作，她不喜歡在數字裡打滾，要是在台灣，她父母早就要她屈服了，還好他們遠在天邊。

父母要她在美國公司過個洋水，鍍個金，有個美商工作的資歷，返台進美商就像從洋父母投到洋舅舅的懷抱，怎麼都是一家人。外商福利好、放假多，升遷快……媽媽在電話中總說，王雅芬背得滾瓜爛熟。媽媽要她積極點，多跑幾趟學校的工作介紹輔導室，跟輔導員問問有沒有新釋出的工作機會？這都是舊金山的阿姨教媽媽的，王雅芬討厭這個阿姨，總是給沒有主見的媽媽出點子，又拿大兩歲的表姐怡慧當王雅芬的標竿，她是柏克萊公共衛生學院的學生，讓王雅芬總是在後頭急起直追。

在室外等了5個學生離開，終於排到王雅芬了。王雅芬笑咪咪地拿著一盒巧克力交到輔導室科員艾瑪手上，「我又來看妳了！」銀髮帶著慈祥笑容的艾瑪也笑瞇了眼，「妳還沒找到工作嗎？妳太挑剔了呀，我送給妳的工作機會是別人的兩倍呢。」

「台灣有句話說：『錢多、事少、離家近。』我只要『近』就好了。」王雅芬說，我方向感不好，一趟地鐵到不了的地方，我會迷路、弄掉的。

艾瑪看著肩上背著 LV 包的王雅芬，知道她是富裕家庭的千金小姐，找工作並不積極，也不為她緊張，不像有些孩子，進來苦著一張臉，像上一個，說再找不到工作，學生簽證到期，就得回哥倫比亞。全家都祈盼她畢業找到工作，留在美國，接全家出來。說著就開始揩眼淚了。

艾瑪讓這個哥倫比亞的孩子先到圖書館當兼職工，電腦編碼圖書，又推薦她給系裡當助教，使了全力幫她。

她跟王雅芬說，有個知名休閒服飾的廣告，要一個年輕亞洲的女模特兒，妳去試試，反正當打發時間，賺點外快。

王雅芬從沒想過當模特兒？那是林志玲的世界，她不夠高，也不夠漂亮。艾瑪在開玩笑嗎？

艾瑪說是平面廣告，不走伸展台，身高不限，它們要用東方臉、新面孔。妳這雙單鳳眼加黑亮的長髮，很有東方味的。

王雅芬再次從茫然中找到新方向，為什麼不試呢？美國時尚雜誌的中國模特兒，都是扁臉、闊唇、單鳳眼加瀏海的長黑髮，跟她們比，我才真是古典美人的長相，單鳳眼、薄唇、瓜子臉，她決心一試。

模特兒

隊伍從兩邊延伸，王雅芬這頭都是女生，從打扮可看出，粉底撲得比膚色淺一號、像藝妓一樣死白的是日本人；口紅、指甲塗得紫黑，像龐克族的是韓國人；ABC很好認，頭髮染得跟瑪麗蓮夢露一樣的金，配上古銅色的肌膚；中國人比較高大，粉上得薄，只有口紅顯色，遠遠看得一張小口。越南人嬌小，細緻、膚色略深。

靠近試鏡間，一頭深褐色鬈髮濃眉的白人男子，正走著台步，對著攝影機，變換各種姿勢。王雅芬留意他堅毅的菱形嘴，不笑的模樣，像對周遭事物的輕蔑；走動時風吹得衣服輕飄飄的，也像對瑣事沾身，無所謂的態度。王雅芬忍不住盯著他，羨慕他的玩世不恭。等他走下台，露出潔白的牙齒微笑著，竟顯現一絲靦腆，王雅芬才發覺台上的模樣都是「繃」出來的，下台，就走回人間了。

王雅芬挺喜歡這種感覺，雙面生活。她被父母、禮教繃得太緊，做事總是瞻前顧後，如果可以正大光明的在伸展台裝酷、叛逆，還會贏得時尚界的好評，這不就是最好的解放管道，也有最充分的理由，王雅芬一定要得到這份工作。

她想像自己跟那褐髮濃眉的男子一樣，輕飄飄的駕凌在所有事物之上，走得輕快、自信。她心裏有數，評審看她，跟她盯著那男子瞧的感覺一樣，她知道自己被錄取了。

平面廣告模特兒的拍攝時間長，但時間比較固定，有時是一個人單拍，大多是配男伴。美國是種族大融爐，亞裔就不配亞裔，要塑造世界一家親的感覺。配過白人、黑人、中東、拉丁美洲人，剛開始她對金髮的白人男子存有兒時對王子的綺想，不過相處久了，她發現浪漫的拉丁裔比較像王子，會猛然一把拉起她轉圈，再屈膝地說「我的陛下，我能為妳做些什麼嗎！」王雅芬也會猛然混淆，到底這是廣告的劇情還是實境？

王雅芬享受在模特兒群被寵成公主的尊貴，也會踮起腳指向遠方，用英國口音命令追求她的王子們，「我要天上的星星，南極的企鵝！」不同族裔的王子，各出奇招，坐太空梭、划船……手裡拿著王雅芬說出的禮物覆命。

王雅芬找到工作，一份自己心愛的工作，她悠遊在男模的寵愛中，以前的膽怯、沒自信全都煙消雲散，甚至覺得英文說得更流俐了。在家中碰到凱莉娜跟凱文，也不那麼彆扭地躲藏。這是她和凱莉娜分租的家，不管誰在家，她應當自在的。

王雅芬把自己登上雜誌的照片，拍照給父母看，都是知名的運動、服飾廠牌，Polo, Gap，照片顯出王雅芬盛美的青春，連舊金山的阿姨都打電話跟媽媽說，王雅芬為 Tommy 加分，她有著書生清秀的氣質，跟其他運動型的模特兒不一樣。爸媽被親友的稱讚給說服了，不再反對王雅芬走模特兒界，台灣的林志玲也可以從伸展台走向影劇、主持界的。

王雅芬擔任模特兒後，對自己不算豐滿的身體更有自信，她會披件睡袍在客廳看電視，進出廚房倒水，以前她總要換成居家服才走出房門。凱文在王雅芬進出房間時，注意到她的房間裡貼滿了她的海報，有瑜珈伸展的、低頭沈思、也有像獵豹一樣侵略性強、咄咄逼人的皮衣騎士，中間還貼上了超級模特兒吉賽兒的照片。

吉賽兒(Gisele)是王雅芬的偶像。不只有美貌，她甩了李奧納多，嫁給了史上最偉大的美式足球四分衛布雷登(Brady)，要兼具體能及智力才能擁有這個宏偉的稱謂。而吉賽兒征服了布雷登，她擁有的可不只是外型。

凱莉娜晉升為女主角，練舞的時間變長，應酬越來越多，凱文在家等門的時間越來越長，有時甚至等不到人，電視開著，看著看著，躺在沙發睡著了。

凱文變得鬱鬱寡歡，有時看他獨自在角落小酌，王雅芬盡量避開他，看得出來凱莉娜沒有以前來的熱情，感情的事是沒法勉強的，雖然同是華人，她也不好說什麼。事實上，凱莉娜已經小有名氣，所到之處，皆引起騷動，舉手投足，像舞台上的巨星；而凱文則是單純的學生，倒像個守候主人的盡職保鑣。

凱文紅著眼眶，殷切地看著王雅芬，要王雅芬坐下來陪他聊一聊。王雅芬聞到濃濃的酒味，怕他喝多了，有點進退兩難。她忽然想起幾個月前，在同樣的位置，她找不到工作的低潮期，凱文曾關心她的工作近況，讓她感覺在異地的寒冬還是有溫暖的。

王雅芬坐下來，把前夜自己沒喝完的葡萄酒倒了一杯給他，自己也斟了一杯。「還好嗎？」凱文像是忍了很久的委屈，忽然大哭了起來，嗚啊嗚啊地像小小狗找不到媽媽。

「凱莉娜說她不愛我了，要我把所有的東西搬走！愛怎麼會一夕之間消失？我還愛她，不能挽回了嗎？」

王雅芬這陣子隱約感覺他倆關係生變，但不知道凱莉娜會用這種殘酷的方式分手，她說不出話，感覺手上的酒杯在顫抖。然後她想起凱莉娜剛跟凱文戀愛時的甜蜜，她躲在房間偷偷掀開窗簾窺探羨慕的心情，怎麼一剎那，說不愛就不愛了？

凱文問，「我那裡做錯了？告訴我，我那裡做錯了？我可以改。」

凱文的狂吼、怒氣讓王雅芬害怕，她咕嚕地吞下一口酒，這口卻嗆辣的差點咳出來。

王雅芬不說話，陪著他哭，她看到他，像看到當初自己愛 Vincent 時那麼不計一切地投入，結果養他還被打，最後還得轉學，讓同學看笑話。雖然已經走出來，想起來還是那麼令人痛心發顫。愛情這條路有多少人前仆後繼地殉難，又有多少人能殘缺地爬起來？那不只是傷口的修復，還要有足夠勇氣的支撐。

午夜裡，兩個酒杯，喝下多少回憶、吞下多少酸苦，一杯接著一杯。

追求者

王雅芬在眾多追求者選擇了「胡力歐」，胡力歐是古巴裔的拉丁人，爸爸是黑人跟印地安人混血、媽媽是歐洲移民跟黑人的混血，所以他有著深膚色，卻細緻的五官，眼睛在褐色中閃著灰藍，像是星子在深邃的黑洞招手，請你入內探勘裡面的祕密。這種危險的眼神邀請，配合胡力歐不時拋出的飛吻、把她當小女孩捏臉頰的疼愛，王雅芬不由得墜落黑洞裏。

王雅芬早就注意到胡力歐骨碌碌的大眼總是跟著她轉，她認定他是印度人或是非裔混血，卻聽他常跟一位墨西哥裔的女模特兒打鬧嘻笑。王雅芬知道美國是大融爐，卻不知世界遠遠超過她想像的大。在台灣她的世界只有歐、美、亞洲。到了美國，才知道還有說西班牙語的拉丁美洲、阿拉伯語的中東及印地語的印度，一個另一半她忽略的世界。這些陌生的國度、語言、人種對她來說像侏儸紀世代的恐龍，她沒有概念，也無法分辨，看他們就像看到原已絕跡的恐龍復活了，不知該跑開還是停下來看。

下了攝影棚，王雅芬會隨著女模特兒們換地方喝咖啡、聊天。這天墨西哥裔的女模特兒鬼祟祟地挨著她，妳真的不知道胡力歐喜歡妳？他在妳身旁轉了很久，妳卻沒有任何表示。他要我轉告妳「他喜歡妳！很喜歡妳！」

王雅芬喝的紅莓汁差點從口中噴出來，她會對胡力歐笑，因為他總盯著她瞧。但是她缺乏對這隻「絕跡恐龍」的了解，不知能談什麼，所以一直保持遠遠的距離。她以為胡力歐是好奇她的東方面孔，原來是喜歡上她了！

透過朋友代轉情意後，胡力歐開始擠身在王雅芬的旁邊，擺明了追求的攻勢，身旁的朋友總是好意的幫胡力歐說話、留空間讓他挨近。王雅芬想，如果墨西哥裔的女模特兒能傳話，估計大夥都知道胡力歐要追她，只有她呆頭呆腦地搞不清楚狀況。

王雅芬如常地服從了命運，和胡力歐湊和成一對。

胡力歐說他是西班牙語裔，王雅芬打死不肯相信。私底下問墨西哥裔的女模特兒，胡力歐會說西班牙語嗎？她說，當然會啊，我們倆就說西班牙語。胡力歐會唱情歌給王雅芬聽，很大男人的保護她，任何需要動手的活，都斥喝王雅芬不要動，他來做就好，這點倒是很拉丁。

王雅芬實在忍不住問胡力歐，你說是西班牙語裔，你祖先從哪來的？非洲啊。王雅芬對自己原先的推測有了信心。那你回非洲看過他們嗎？

胡力歐瞪大雙眼看著王雅芬，妳在開玩笑嗎？黑奴來拉丁美洲已經幾百年了，與其說祖先在非洲，不如說在拉丁美洲。說完還掐了王雅芬的臉頰，好似她是個無知的小女孩。

王雅芬臉羞紅得發燙，好像胡力歐擰疼得是她的自尊，王雅芬是學霸，考試向來無往不利，但她只讀考試範圍，對拉丁美洲的歷史一無所知，黑奴賣到美國，也賣到拉丁美洲嗎？她們家自以為清高的士大夫觀念，大陸的祖上，出過狀元、進士，歷代都是書香門第，但官階不能世襲，更不能從中國帶到台灣，台灣再帶到美國。此時，她臉上白淨的書卷氣，在黑奴後代胡力歐剛毅臉部線條的對比下，像張未經世事的白紙，青澀又蒼白。

胡力歐遇事不疾不徐的態度，像是春風吹拂，風吹草動後，一切又回歸原狀。即使是錯失了飛機，都像是應該發生的，沒有責備、沒有催趕，他拉王雅芬去酒館喝一杯，再想下一步怎麼做。他的樂天知命深深吸引著王雅芬，雅芬從小被鞭棍催趕前進，總是三步併兩步跟著父母快跑，常常邊哭邊跑，又不敢停。

胡力歐給她平穩的生活，她不用再全神貫注，揣測別人的臉色，擔心錯過了什麼暗示、笑聲會不會太大、坐姿會不會不雅？她開始學會愛自己，開心放懷的笑。而且，當她放聲大笑，胡力歐一定會轉向她，親她，陪著一起大笑。讚美她，「妳的笑好像嬰兒，喀喀作響。」可不是，王雅芬像重新活過，把幼兒期被父母噤聲的笑，一口氣笑了出來。

王雅芬對胡立歐的感情投入極深，眼看工作實習時限將屆，父母期待她學成歸國。別離恐慌感先是無限擴張，她沒辦法失去胡立歐，嚴重到無法專心學業、工作。她聽教會朋友的勸，看心理醫師，醫生要她面對自己的真感覺，再判斷找出選擇，可是從小生活在父母的安排下，她早失去判斷能力，她懷疑現在的她能代表自己嗎？

婚姻夢

白天王雅芬接些模特兒外拍工作，為了保持學生身份，繼續註冊了幾門課，像是〈微觀經濟學〉，她還是那位剛來時，熬夜努力地趕報告的好學生，功課依然寫到天明；也是享受胡力歐從背後偷襲、翻騰交疊的小女人，熱情融化了兩人相異的膚色、語言，體溫弭平了所有的界線。王雅芬不禁想著，現在才是最真實的狀態，才是註定該發生的；過去是夢，是父母設定發生的。

習慣活在父母計劃中的王雅芬，第一次獨立面對人生的意外，難題來的又大又急——父母絕對反對，自己也不確定的情感，到底該繼續或結束？王雅芬擲過無數次的銅板，有還是沒有？追逐過滾到床下的銅板，拿手電筒照正面還是反面；她也調整過改成正面是沒有，反面是有，答案始終莫衷一是。漲大的乳房、遲來的月事，王雅芬對答案了然於胸。

被父母嚴格管束的獨生女王雅芬，嚮往長大後，遇到帶她遠走高飛的白馬王子，生一堆孩子，養隻雪莉牧羊犬，實踐從小想養寵物的心願，全家吵吵鬧鬧的，不再有獨自抄寫功課的孤寂。這樣的等待就像是蝸牛馱著她慢慢上爬，時間過得很慢，好不容易接近那串成熟甜美的綠葡萄，葡萄卻變成黑桑椹。一切遠超出她的想像，學業剛結束，實習才開始，就嚐愛情滋味，甚至是不是愛情，沒時間想明白，就要當媽了。而且不是白馬王子，是媽媽最忌諱，出國前千交待、萬叮嚀不能交的黑馬王子。老天跟她開了天大的玩笑。

不是一念之差的決定，牽扯到一個小生命。王雅芬咬著左手指甲，試著推敲各種可能性，指甲短的已無處可咬。右手下意識地搓磨著衣襬，好像這樣可以把煩惱給搓掉，來來回回地搓磨下，衣服穿了孔。這個小生命會帶來什麼樣的改變，王雅芬不敢想。她還沒做好準備，也不知怎麼跟胡立歐開口，他會求婚娶她嗎？父母會同意婚事嗎？她沒有當媽媽應有的雀躍，卻有一肚子的憂慮。最後，她站起來，拿出針線，把搓磨破的衣襬用密針補起來，將這個祕密密實地縫在衣襬內，然而隨著肚皮的壯大，答案終將呼之欲出。

三個女人的新生——王雅芬

三個月了，王雅芬不能迴避這麼大的人生議題，決定把問題丟給婦產科醫師，有一紙白紙黑字的證明，才能確認這個小生命的存在，她做好心理建設，準備跟胡力歐攤牌。前些年有些台灣女星到國外進修，多年後，爆出孩子已經青少年了，父親是誰卻三緘其口，原來當初來美是生孩子。王雅芬想過這種戲劇性人生，她深愛胡力歐，也想生愛的結晶，有他深邃的大眼，濃密的睫毛，混血的古銅色肌膚，一切是這麼地美好。然而想到嚴厲的父母，這段不受祝福的戀曲，她又暗自垂淚。

甚麼都能反常，紐約到四月還飄雪，不是細雪，撲撲地下，地面已成一片銀白，雪花灑落在髮梢、鼻尖，清清涼涼的，平常難以說清的感覺，現在像王雅芬心境的寫照，只有呼吸時噴出熱氣，才知道自己不是麻木，有生息的。照理說，肚子有小生命是大事，多少次她站上磅秤，希望增加的重量能帶來一些真實感，添一分喜悅或憂愁，可是指針橫豎不動，一切都維持現狀。

醫生問她經期正常嗎？結婚了沒？上一次月事來的時間？王雅芬認真的回憶，給了確實的日期。醫生再問有沒有固定的性伴侶？王雅芬忽然感覺有人進入她的體內，打斷了一切。王雅芬坐在他的腿上，對方捧著她的雙乳，親啊咬的。王雅芬面對他，看得清楚他的狂野陶醉，也聞到他口中散發濃濃的酒味。王雅芬卻恍然，這個人不是胡力歐，是亞洲人凱文。

那夜他像飢餓的猛獸，持續進攻，王雅芬曾經躲在窗簾後羨慕凱莉娜跟凱文交頸的戲水之樂，凱莉娜就像是高高在上的皇后，有著她沒有的一切：順遂的工作、甜美的愛情，王雅芬常想像她擁有的一切、志得意滿的生活。現在她鳩占鵲巢，成家中的皇后，她有種出頭的勝利感，沒有推開凱文，讓酒精在身上燃燒，燒盡了自己從小忍氣吞聲，得不到滿足的慾望。那夜兩人都喝醉了，燒完那瓶烈酒，兩人便成兩隻空酒杯，日後再無交集，王雅芬以為油火燒盡，了無痕跡，現在肚裡的苗卻有可能是他的。想到這，她與胡力歐可愛的大眼混血寶寶瞬間成了掙出蛋殼的雙頭蛇，一黃一黑，吞吐蛇信，蛇頭前後扭動，互咬對方，頭下的軀體被扯動地厲害，和地面的礫石拖拉出猛烈地淅淅聲，軀體是人類的，擁有一對飽滿的乳房，肚子挺得很大，下體源源不絕地產出橢圓形、一顆顆潔白色的卵。

「確認妳懷孕了！照最後的經期推算，應該有四個月了，預產期在七月。孩子的爸爸知道妳懷孕了嗎？一起來看診，下一次產檢是一個月後。」醫生的聲音在王雅芬的耳裡忽大忽小。

王雅芬怔怔地直搖頭，淚水不止地流下，她原來明亮的天倫夢被自己一時的放縱給矇黑了，好不容易逃離了 Vincent 的控制，卻躲不開自己嫉妒的心魔。孩子是不能留了，她決定對誰都不說，獨自解決自己犯下的錯誤。

出診間前，她挨在牆邊朝走道座位望了望，旁邊愛聊天的台灣女生沒在位置上，穿著紅色繡花棉襖的女人擋在走道跟櫃台說話，她斜身穿越，還是不小心碰到，王雅芬躬身道歉後，低頭走出大門，長髮被門外的風切吹得蓬亂四散，正要關上門，一股大風，扭扭曲曲又非常霸道，自行把門給關上了，王雅芬吃一驚，回瞪大門，彷彿發出的巨大聲響與她毫無關聯。

近午雪光反射，眼前一片銀白，看不清楚是紅還是綠燈，她拉低頭上的毛呢帽，用手擋住迎面的陽光，眼前還是一片花白。她遲疑不前，在人潮的推擠下，夾道的細雪中隨著人流，穿越了大馬路。

光、雪、白大衣慢慢從一團模糊的光圈揉和成一個小白點。

【後記】

紐約的三個女人

觀察人一直是我的樂趣，尤其女性的情感豐富，思想複雜，同樣的事交辦給男性，可能只有三種結果，女性呢？可能有三百種。我一生中見過最大器跟最鑽牛角尖的都恰是女性，這些數萬、數千、數百在心中過目不忘的面孔，最後都幻化成這本小說的三位新女性。

寫成故事的初期，我拿出片段，投了北美漢新文學獎，獲得小說獎的肯定，讓我更有信心向下發展三位女性的得志、失意及愛恨情愁，這些真實的血淚漢子就存在我們的身邊，我們看得到她們的形影，卻看不透她們的心。

《三個月亮》書寫二十一世紀的現代女性：有新潮獨立的「空姐不婚族」、父母安排出國的「留學乖乖女」（人生勝利組）、及大陸知識分子為尋求美夢，到美國的「生子定錨新移民」。《三個月亮》寫出三位優質新世代的女性在原生家庭給予的影響下奮發向上的過程。到了紐約，過的卻是全然不同的人生，這是勇氣，還是反骨？二十一世紀的女性真的能為自己做主嗎？這不僅是都會女性生活的縮影，也是女人心理的縮影。二十一世紀，經濟獨立的華裔女性懷抱美國夢，探索自我，面對身心真實的感受及認同焦慮，美國夢變成一場歷險。

《三個月亮》不只著墨台灣及大陸華人在人際關係疏離的異地，面臨的邊緣人情結，更會加強探討中西文化衝擊時，女性如何無奈地順應，或鼓起勇氣反抗，處理與自己的關係，和自己和解的心路歷程。

小說寫人，我的人生中，也住著讓我感謝的人；他們經常就是我的筆心。

外婆，是我見過最堅毅的女性之一，她遺憾識字不多，我很榮幸成為外婆的筆，取樣她生命中動人的故事，見識一名經歷日據、民國的客家婦女怎麼從鄉村走入城市的艱辛、她是我寫作的繆斯。

媽媽，愛寫作的血統一定是繼承她，她擁有天馬行空的想像力。

弟弟，是我見過最堅毅的男性之一，從不放棄，關關難過關關過，我借用他的勇氣填在小說主角的骨肉裡。

逝去的父親，剛強的外省單親父親，撫養我長大，鼓勵我學習先祖賀知章，寫景、抒懷，紀錄社會脈動，為民眾發聲。

周昭翡總編輯、蕭仁豪主編及聯合文學出版社的合作夥伴，沒有他們跨時差的支持及合作，這本書不可能面市。

作家吳鈞堯老師，鼓勵、督促我積極寫作，集結出書，否則這本小說還躺在已汰換的電腦裡。

密西根州立大學教授現代中國文學的桑梓蘭博士，是引薦中國文學至美國學術界的重要橋梁，在專注教學、研究之餘，不忘鼓勵、提攜後進，嚀勉我的長篇小說及早完成出版，並犧牲感恩節假期為我寫推薦序。

企業家盧曼菁，邀請我擔任密西根中華婦女會文學講座主講人，在準備講題「搶著對號入座——妳的故事，我們共同的感受，如何擁有自己的〈生命書〉」時，讓我認真思考專業寫作的可能性，從玩票轉成文學寫作。

好友 Angel，長期陪我在每次寫作出關時，健走透氣，從故事中脫身，儘管她看不懂中文。

作家王鼎鈞，鼎公的勉勵：「人情貴近而忽遠，文學作品如果只是一人一家的苦樂，就不容易吸引遠距離的讀者。文學作家是把一人一家發生的具體事件當做符號，處理成人類普遍關心的問題，天涯海角都有潛在的知音。」

國家圖書館出版品預行編目資料

三個月亮 / 賀婉青著 . -- 初版 . -- 臺北市 : 聯合文學 , 2018.12
256 面 ;14.8×21 公分 . --（聯合文叢 ; 638）

ISBN 978-986-323-285-8(平裝)

857.63　　107021461

聯合文叢 638

三個月亮

作　　者／賀婉青
發 行 人／張寶琴

總 編 輯／周昭翡
主　　編／蕭仁豪
實習編輯／黃薏軒
資深美編／戴榮芝
業務部總經理／李文吉
行銷企畫／邱懷慧
發行助理／簡聖峰
實習助理／陳永錡
財 務 部／趙玉瑩　韋秀英
人事行政組／李懷瑩
版權管理／蕭仁豪

法律顧問／理律法律事務所
陳長文律師、蔣大中律師

出 版 者／聯合文學出版社股份有限公司
地　　址／(110)臺北市基隆路一段 178 號 10 樓
電　　話／(02)27666759 轉 5107
傳　　真／(02)27567914
郵撥帳號／ 17623526 聯合文學出版社股份有限公司
登 記 證／行政院新聞局局版臺業字第 6109 號
網　　址／http://unitas.udngroup.com.tw
E-mail:unitas@udngroup.com.tw

印 刷 廠／禾耕彩色印刷事業股份有限公司
總 經 銷／聯合發行股份有限公司
地　　址／(231)新北市新店區寶橋路235巷6弄6號2樓
電　　話／(02)29178022

出版日期／ 2018年12月　初版
定　　價／ 320 元

ISBN 978-986-323-285-8（平裝）